AF461921

CAMILLE LEMONNIER
CROQUIS D'AUTOMNE
C. Muquardt
EDITEUR

CROQUIS D'AUTOMNE

CAMILLE LEMONNIER

CROQUIS D'AUTOMNE

PARIS-BRUXELLES

IMPRIMERIE P.-J.-D. DE SOMER

30, rue de l'Hôpital, 30.

—

1870

A

MA GRAND-MÈRE

Ces pages ont été écrites il y a quatre ans, à l'occasion du concours que le **Figaro** de Paris avait ouvert dans ses colonnes. Les **Croquis d'automne** furent acceptés par le jury du concours, et ce ne fut qu'à la brusque interruption du tournoi littéraire qu'ils durent de ne point paraître. L'auteur les réunit aujourd'hui en ce petit livre, — avec leurs fautes, leurs inexpériences, leur jeunesse et les inégalités d'un style qui se cherche — telles qu'elles lui sortirent de la plume. Peut-être y trouvera-t-on quelque intérêt.

Septembre.

I.

VISIONS PAÏENNES.

O les automnes tout rouges au fond des bois, dans les ravins, sur les collines, et dans les plaines ! Tableaux remués par les vents, qu'ils déroulent à grands plis dans les soleils et les brouillards en mille visions changeantes comme les pages éternellement variées de l'immortelle fécondité ! Tableaux vermeils et pourprés, irradiés de flammes éblouissantes ou voilés de crépuscules transparents, où serpentent en lignes colorées et lumineuses, comme les fibrilles des jaspes, les contours arrondis des campagnes, les crêtes hérissées des monts, les festons tailladés des forêts et les grandes traines moirées des eaux qui argentent les lointains ! Merveilles ! Et partout, dans l'air qui s'embrase aux feux d'un soleil plus ardent et, comme une lyre, résonne des soupirs de la terre gonflée d'amour ; — dans les brises chargées des semences et des arômes que secouent en passant les corbeilles où elles recueillent les désirs et les ivresses du monde ; — dans les rumeurs ineffables de la nature qui fermente et travaille, âprement mordue, comme les femmes aux jours de l'enfantement, par les tiraillements d'une sève qui coule à torrents; — dans l'aspect des campagnes arrondies en contours opulents comme des mamelles de femme ; — dans le spectacle des forêts découpées en croupes montueuses sur l'horizon roux, et bercées par dessus le sommeil des vies qu'elles abritent comme de gigantesques pavillons gonflés par les vents; — partout, dans les grasses eaux dont le remous balance, parmi l'or et la pourpre, le reflet des paysages renversés ; — dans tout ce magnifique effort du suprême épanouissement où le grand Pan, visible en toutes choses, semble pousser jusqu'au délire l'exaltation de la fécondité universelle ;— partout enfin, la splendeur d'amour éclate sous le ciel ; la furie de vie pétille sur la terre ; le vaste brasier des feux créateurs flamboie ; le calice des puissantes ivresses déborde ! Joies ! Magnificences ! Les nymphes, rentrées dans les grottes aux lueurs du soleil chrétien, se remettent à rôder dans les clairières pourprées, et la flûte des bois où les sylvains appliquaient une lèvre moqueuse siffle encore à leur oreille les vieux airs des rendez-vous. Ah ! faunes, sylènes enflammés, je vois passer sous le rayon doré de septembre votre rouge trogne qui flamboie allumée de vin et barbouillée des raisins qu'égrappe votre bouche ! Panses! Bedaines ! Torses ventrus hérissés de poils roux ! O seins nus des driades ! Epaules vermeilles des naïades ! Et vous aussi, nappées, amadryades, ondées, andryades, salut, monde adorable et bouffon aux incarnations multiples et robustes! Le siècle qui s'égayait à vous créer et croyait trouver en vous les formes de la vie courait après vos riants fantômes et vos chimères dorées comme à une illusion farouche et douce pourtant. L'illusion fuyait, il est vrai, devant les bras tendus pour la saisir, mais en fuyant elle ne laissait pas aux lieux où on la cherchait l'infernal éclat de rire de la désespérance moderne !

Aujourd'hui, les bois sont dépeuplés ; les sources n'ont plus dans la transparence azurée de leurs eaux l'éclat moiré des naïades qui s'y baignaient ; l'écho ne répète plus la chanson moqueuse des faunes ou les soupirs de la nymphe amoureuse ; à Sylène tombé de son âne et balayé avec son joyeux cortége au néant, Méphistophélès succède, enfanté par les terreurs chrétiennes à l'ombre de la croix. Et quand l'automne vient, que tout s'épuise en fêtes et en magies, que les profondeurs toutes retentissantes de rumeurs triomphales chantent aux échos le joyeux épithalame, la voix catholique se mêle comme un cantique funèbre aux hymnes des bois, et le glas des morts vient jeter sur les ivresses de la nature les notes lugubres de sa désolante mélopée.

L'automne ! c'est alors que la terre révèle avec le plus de magnificence les prodigieuses splendeurs de ses flancs, et qu'arrachant au chaos les univers endormis, elle rejette au dehors les moissons et les forêts comme la marque de son triomphe suprême. Alors on voit la nature, épuisant jusqu'à la dernière goutte ses mamelles, couronner son existence par l'épanouissement qui l'a commencée. Aurait-elle la secrète compréhension de la mort prochaine? Des souffles glacés ont-ils mordu ses entrailles? Quelle révélation s'est faite? Ne dirait-on pas qu'elle se hâte d'enfanter au soleil — dans la lumière expirante des derniers jours, de peur que les embryons cachés dans ses flancs ne surgissent, avortons, dans les ténèbres, quand la suprême étincelle aura disparu? Mystère solennel! On doute : mais son délire est si sacré et l'on y voit un tel rayonnement qu'on se prend à lui sourire comme si c'était une femme, et qu'on baise la terre où l'on marche comme si c'était une mère.

II.

EN PLAINE.

Rien n'est charmant et doux comme de suivre, des yeux et de l'esprit, les développements de cette saison souriante et recueillie qui est comme l'action de grâces de l'été expirant. Elle semble vouloir renouer dans son cercle étroit les saisons brisées, et voilée comme le printemps, vermeille comme l'été, triste comme l'hiver, elle reflète leurs faces diverses.

Le ciel, dans les premiers jours, est plein d'enchantements : tantôt d'azur, tantôt d'hermine, l'esprit, en le contemplant, regrette l'éblouissante fiction des chérubins, et, reculant jusqu'aux temps où la foi trouvait encore des ailes pour aller sous les bleus pilastres du ciel adorer de divines imaginations, se prend à espérer que les vagues contours des pâles nuées cachent en leur lumière douce et pure les essaims bénis des chœurs mystiques. Aubes vaporeuses! que vos lueurs me sont chères! A vous voir, on sent en soi je ne sais quelles impressions, flottantes comme les brumes dont vous vous entourez, et les rêveries que vos paisibles lueurs éveillent dans le cœur des hommes s'empreignent, comme les objets que votre premier rayon salue au matin, d'un délicieux mystère. Vous êtes rouges encore, mais plutôt rosées, et derrière vos pourpres faiblissantes, comme sous un masque qui va tomber, se montre déjà la pâleur des aubes qui vont suivre. Puis ce sont d'adorables matinées brumeuses. Les lointains unissent le ciel et la terre comme des lèvres amoureuses, et on les voit se fondre d'amour en de molles vapeurs. Dans ces vapeurs où les plans s'engloutissent, mille choses se devinent, confusément ébauchées, têtes d'arbres et de clochers, qui surgissent on ne sait d'où. Tout à coup un rayon de soleil paraît. Il se forme alors une zône de lumière qui, rayant l'horizon, ondule et grandit de proche en proche. Les vapeurs s'illuminent ; on dirait, sur une gaze lactée, des reflets diamantés ; les terres s'argentent ; les paysages se dessinent. Le rayon s'étend et s'élargit : la nuée crève et passe ; par terre, de larges bandes d'or se poussent et se pressent. On dirait que la terre soulève ses sillons comme les flots de la mer, ou bien encore on croirait voir la peau d'un tigre gigantesque se hérisser avec ses raies noires et jaunes.

Vers le midi, les paysages, éclairés d'un flot soudain de vive lumière, sortent tout à fait de leur ombre. Il semble qu'une main sortie du ciel, recueillant les brumes éparses, a roulé par-delà l'horizon le voile flottant du matin. Alors les yeux éblouis contemplent, dans sa merveilleuse splendeur, la terre qui tout à coup a surgi et flamboie, comme un monde qui tomberait des nues, dans un amas de braises et d'étincelles. O magie ! La montagne apparaît au loin, étageant dans le ciel ses forêts comme un rocher énorme entassé d'autres rochers ; sur les flancs la forêt s'enroule en volutes capricieuses, festonnées de tons pourpres, et la cime, enfaitée de pompons ardents, se dresse comme un casque avec son cimier. On dirait qu'un maillet colossal a sculpté à grands éclats les reliefs puissants des croupes, et qu'ensuite, accomplissant avec les foudres l'œuvre commencée dans le granit, l'enfer a vomi dans le creux des ravins, sur les côtes onduleuses, le long des pentes bossuées, des torrents de soufre pêle-mêle avec des éclairs, et que torrents et éclairs, roulant épars en tous sens, se sont figés en un réseau de sillons diversement colorés, — rouges, bleus, jaunes et verts. Parfois, quand le vent ébranle l'échafaudage des forêts, on croirait voir osciller l'immense entassement, comme s'il était secoué par dessous, et brouillant leurs teintes en mille flots bigarrés, les sillons du roc se remettre à couler en enjambant leurs lits. — La palette ne saurait inventer de couleurs assez rutilantes, ni l'imagination de fantaisies assez étincelantes pour rendre dans toute leur magnificence et leur variété l'aspect de ces forêts scintillantes de lumières et fourmillantes de couleurs. L'or, les rubis, les émeraudes, les saphirs et les topazes, fouettés en poussières ou massés en blocs, ne suffiraient pas dans l'œuvre des hommes pour refaire l'œuvre des soleils et des vents. Comment dépeindre ces ombres glacées de noirs jaspés ou teintées de blancs argentins selon qu'elles sont profondes ou légères? Comment analyser cette multitude de nuances fondues les unes aux autres par gradations successives ou heurtées en gammes dures et crues? Ces pourpres variant suivant le voisinage des autres couleurs et s'affaiblissant ici pour se renforcer là ; ces jaunes qui luisent comme des plaques de soleil ou s'étendent comme des ors mats ; ces roux écaillés de nacarats, ces veines, ces fibres, ces cendrures qui serpentent en lignes tourmentées et folles, avec les caprices de l'arabesque, et par la diversité de leurs nuances, font resplendir les massifs qu'elles sillonnent, comme des blocs de jaspe ou d'agathe; puis encore, ces masses puissamment colorées, ces grandes touffes rouges, ces palmes ciselées dans l'or, ces bouquets pommelés de plaques jaunes et bleues, tout ce désordre merveilleux, cette furie de coloration insensée, ces luttes de tons qui se détruisent et se font valoir l'un l'autre, — comment définir tout cela?

Les lignes elles-mêmes changent selon les couleurs, s'adoucissent ici par la légèreté des ombres et là s'accentuent par leur renforcement. Les branches pendent aux arbres — non plus comme de maigres thyrses feuillus, mais comme des grappes massives aux contours ventrus.

De loin, la forêt présentait l'aspect d'un rocher sculpté à grands coups; de près, le grand devient joli et le bloc se cisèle de mille délicatesses. L'imagination rêve un kiosque enchanté où dans le marbre et le jaspe l'arabesque s'enchevêtre en harmonieuses fantaisies. Nervures, enroulements, volutes, acanthes, tous les caprices de l'architecture s'y déploient dans un éblouissement d'or et de pierreries.

EN CHASSE

III.

DANS LA FORÊT.

Entrez dans la forêt : le spectacle a changé. Le chemin où vous marchez se perd dans un fond vague et brouillé; les gazons moutonnent drus et touffus; les mousses, glacées de lueurs sombres, se pelotonnent en bourrelets épaissis; les fanes jonchent le sol, et par places découvrent le sable qui se rouille et se gerce. Au-dessus de soi des fouillis roux pendent massifs et échevelés, et dans les taillis, les troncs et les rameaux se détachent, par plaques luisantes, des fonds ardents. Par les temps de soleil ces coins de forêts rutilent. Les mousses scintillent, les troncs s'enflambent, les lumières, multipliées partout et pour ainsi dire répercutées comme les reflets d'une glace, montent, descendent, pétillent, fulgurent, tremblotent, jaillissent comme des fusées, s'accrochent comme des grappins de feu, rayonnent comme des girandoles, serpentent comme des éclairs, s'étalent aux surfaces, se brisent aux angles, s'enroulent en guirlandes, se tordent en spirales, disparaissent aux taillis, reparaissent au-delà, folles, ardentes, colorées de mille nuances, rouges, violettes, orangées, — et font flamber la forêt comme un énorme incendie.

Jadis, des chasses aux galops furieux s'y engouffraient —, sonores, éclatantes, échevelées, et, bondissant de taillis en taillis, passaient, en habits rouges, à travers les zônes de soleil, comme une chevauchée infernale à travers un rêve de feu. — La bête est en avant, jarret de fer, irritée, affolée, éperdue, mais lasse, les yeux en sang, la langue pendante, râlant ; — sur ses pas, la meute aboie, hurle, halète, à droite, à gauche, en tous sens, pêle-mêle, naseaux enflammés, gueules béantes, se poussant, se bousculant, se repliant, s'élargissant et rejetant comme un tourbillon le sable et les fanes derrière elle. Les chevaux hennissent ; les fouets retentissent. C'est l'éclair dans le soleil, le flamboiement dans la lumière. Fracas et tonnerre : la forêt s'emplit de bruits étranges qui tantôt s'éteignent en rumeurs apaisées, tantôt roulent et grondent en éclats grandissants. Çà et là le cor sonne, puis meurt, puis renaît ; et toujours, ou bruyant ou étouffé, dominant toute cette tempête ou mêlé comme une basse continue à ces vacarmes, on entend le piétinement de la chasse qui s'approche et s'éloigne.

La bête va, vient, biaise, plonge aux fossés, traverse les halliers, embrouille les traces, tourbillonne, moyeu d'une roue qui s'étend et se rétrécit tour à tour, et dans laquelle tourne, bondit et s'embrouille, nez au vent, comme dans un coup de filet, toute cette mêlée aux abois. Hurrah ! et la chasse vole, cassée aux angles, grimpant, bondissant, dégringolant, tout à coup disparue, tout à coup reparue, comme une trombe, comme une avalanche, comme un ouragan, et gronde, roule, s'enfle, s'allonge, se tord, ondule, pleine d'éclairs, au retentissement des fanfares, pareille à un énorme serpent qui dans ses replis enroulerait la forêt tout entière. Écoutez ! Des cris de triomphe ! Les clameurs des pages et des valets ! Le cor éclate, joyeux, strident, répété par l'écho. Victoire ! Hurrah ! Vaillance ! la bête est prise..La meute tient sa proie : accrochés à la gorge, accroupis sur les reins, tous mordant, hurlant, écumant, les chiens sont là, grappe effrénée et sanglante qui pend à l'animal, les uns éventrés, les autres éventrant. Alors la chevauchée fait halte : la curée commence ; la meute—gloutonne—hurle, gronde, bougonne, grogne, happe les morceaux et s'entredévore. Puis c'est le défilé ; le cortège se fait. Par Saint-Hubert ! que de joie ! que de plaisir ! les femmes sont roses, l'œil pétille, la lèvre rit, et l'on voit sous le velours qui palpite la gorge qui bondit de plaisir. On sourit, on babille, on caquette, on galope de rang en rang, mille choses se chuchotent, et le compliment fleurit sur les bouches allumées. Quel délire ! On est las, les chevaux hennissent, couverts d'écume, et déjà, au château qui se voit au loin, le porche s'est ouvert, plein de bruit, aux parfums d'un festin où chacun est convié.

IV.

MES CAMPAGNARDS.

Sortons des bois, gagnons la campagne. La voilà qui s'étale dans sa force et sa pompe ; les terres miroitent : on dirait, dans la mer immobile des sillons, que chaque vague est pétrie de couleurs différentes, et c'est comme une vaste marqueterie où le brun, le bleu, le vert se nuancent et se fondent. Des lueurs d'or ruissellent partout ; dans les lointains luit une sorte de bordure argentine. Là dessus, des ombres vigoureuses qui rehaussent tout cet éclat, et délinéent puissamment les plans. — Ici les sarrazins, liés en gerbe par le milieu, se hérissent, blonds à la tête et violets au pied, avec l'aspect de chevelures indiennes. Là les blés jaunissants et dorés, comme d'épaisses toisons, se dressent en meules opulentes. Plus loin la charrue mord les terres, et l'on voit le soc, rejetant les mottes comme de l'écume, sortir fumant, avec des lueurs, de la raie creusée. Les sillons se dentèlent de crêtes bitumineuses qui se dressent en tumulte, et parmi des reflets de moire, mille paillettes y scintillent.—A l'horizon les arbres arrondissent des bouquets pourprés; les haies serpentent échevelées et ventrues; les broussailles se tortillent rouges et fourmillantes. Les étangs, gras et fumants, roulent dans un flot alourdi des tapis d'herbes et de feuilles, et les paysages qui s'y reflètent y dessinent, dans des moires scintillantes, des fuites enchantées. On croirait voir, au fond de l'eau, le mirage de quelque grotte féerique dont les perspectives se développeraient à travers l'éclat des flambeaux et le flamboiement des pierreries.

Dans ces cadres éblouissants se meuvent des groupes de travailleurs courbés dans les postures grandes et simples où Jules Breton trouve ses *Moissonneurs* et ses *Glaneuses*, et dont le charme vient des choses environnantes. Les hommes, arc-boutés sur le sol qu'ils fécondent de leurs sueurs, et dans les sillons duquel ils laissent chaque jour un peu de leur vie en attendant qu'ils lui confient, inertes et glacés, ces mêmes bras qui le travaillent, les hommes bêchent, labourent, brisent les mottes qui s'amoncèlent, enfoncés dans la terre jusqu'au jarret; les femmes, accroupies, le tablier noué derrière le dos, ramassent les épis sans tige que l'œil du maître a oubliés dans les plis du sillon, les unes sèches et hâlées, déjà marquées de l'indélébile dégradation que la terre lègue à ses parias, les autres, natures vivaces et puissantes, épanouies dans le fort sang qui bronze leurs joues et gonfle leurs mamelles, comme des pommiers en plein air des champs. Au souvenir de ces grandeurs rustiques, je nommais tantôt Breton, l'idéal chercheur de la beauté simple et majestueuse; mais son nom n'est point celui que me rappellent surtout les campagnes, leurs robustes images, l'éternel labeur de la terre, l'impérieuse tyrannie de cette âpre et violente maîtresse. O paysans! Nature! Si quelqu'un, dans de fortes figures, inspirées non par le rêve abstrait des ateliers, mais par la contemplation des réalités, en dehors des prestiges menteurs de l'imagination, si quelqu'un fit voir l'étroite connexion de l'homme et du sol; — comment, né de la terre, nourri de la terre, mourant de la terre, vivant par elle et tué par elle, l'homme, insensiblement conduit par son instinct propre et l'inévitable influence de la vie végétative qui l'entoure, à la condition même de cette vie, finit bientôt, parmi les sillons qui rajeunissent tous les ans, dans cette fécondité qui se renouvelle sans cesse, au sein de ces champs et de ces eaux, par porter les champs et les eaux en lui, existence corrélative à la terre, rajeunie avec les sillons, renouvelée avec les saisons, qui verdit, fructifie et mûrit comme le cadre même où elle se développe; si quelqu'un enfin, d'un mâle pinceau, fit couler dans la veine campagnarde ce plantureux sang, mordu du soleil comme la sève des vignes, qui n'est lui-même que la transfiltration des sèves de la terre dans une organisation humaine, c'est à Millet que je songe; je revois ses laboureurs penchés sur les sillons obscurs, je les revois graves, sérieux, presque semblables à des pontifes, tant ils ont en leur rude réalité de majesté sereine et puissante; je revois surtout son *Semeur* dont la grande main ouverte sur les champs et profilée sur le ciel semble l'apparition dans la nue d'une main tendue pour la bénédiction.

O postures bibliques! Réalités belles comme les rêves! Certes, l'homme qui comprend les champs, leur sauvagerie solitaire, leur sublime rudesse, leur grandeur toujours un peu farouche, celui-là doit rire quand, rêvant de bergeries gentillettes enguirlandées de faveurs, le poète musqué rapetisse aux mignardcries des boudoirs les proportions abruptes des campagnards et travestit le fils de la terre, musclé comme un tronc et bâti comme un roc, en un élégant de salon parfumé de benjoin et savourant avec délices les suavités de sa personne. Pour moi, rien n'est beau comme ces grandes et belles filles qu'on voit, au soir, rentrer aux fermes, avec des gerbes sur la tête, le poing aux hanches, les reins cambrés, et marcher d'un pas large et mesuré avec la sérénité superbe d'âmes vierges, au seuil desquelles expirent les orages grondants des villes. Et celles qui s'en vont à la fontaine, l'amphore sur la tête, pour y puiser l'eau des bestiaux, et qui passent, droites et immobiles, en des allures sculpturales, ne sont-ce pas les sœurs de Rebecca et de Dorothée? Que de fois j'ai suivi des yeux, tant que je pouvais les voir, par les soleils couchants qui les grandissaient encore, ces vaillantes et fortes créatures dont le contraste plein de force et de vie retrempait les admirations de mon cœur et me consolait des poupées étiques que la fièvre et la prostitution font languir dans les lits des villes! Pendant qu'on les voit ainsi traverser la campagne, les étables sont pleines de rumeurs, le crépuscule tombe, les toits fument et le grand mugissement des bœufs s'élève dans les ombres grandissantes comme les dernières voix du jour qui s'assoupit.

V.

PRÉS ET VERGERS.

Voici qu'aux teintes rosées des landes ont succédé les verdures des prairies entrecoupées d'eaux qui miroitent; les troupeaux y paissent, éparpillés en tous sens, dans une splendeur de formes et de couleurs. Quelle ampleur dans ces ventres! Quelle énormité dans ces cols! La robe des taureaux miroite superbement, et l'on dirait, sur des satins, des mouchetures de flammes, ou, dans un tapis de cendre, des pétillements d'étincelles. Les vaches, rengorgées dans d'épais fanons, balancent dans leur marche de vastes mamelles rosées par les bouts; les moutons, épanouis dans leurs laines, secouent sur leurs reins une hermine partagée à grandes ondes. Tout ce monde-là, prospère et florissant, broute, broie, rumine, vagabonde et sommeille, et c'est pour ces grands fainéants qui beuglent la grande époque des festins opulents et des siestes bienheureuses.

VI.

CÔTEAUX.

Mais, par delà les vergers, voyez-vous se dresser les côteaux sous le réseau des vignes entrelacées de grappes comme sous une tapisserie retenue par des torsades d'or? C'est là que le soleil donne son grand banquet de vie, et que ses rayons, plus brûlants que le salpètre, infusent, avec la flamme qui donne la vie, la lumière qui donne la couleur. C'est son coin le plus volontiers choyé; il se complait à y voir enfler le raisin; il se mire dans ces pulpes luisantes; sa dernière caresse est pour le côteau, et son dernier adieu qu'il prolonge avec amour y fait frissonner la grappe en son pavillon de feuilles, comme le baiser de l'hôte qui s'en va empourpre, derrière le rideau, le front de la vierge. La sève y circule à gros bouillons de vie, comme un torrent, et serpente à travers les mille rameaux, pareille au sang dans les veines de l'homme, rouge comme lui et comme lui ardente. Mais que le vent passe sur le côteau, alors on y voit onduler au long des rampes de grandes plaques de soleil festonnées d'ombres mouvantes et pareilles à des écailles d'or.

Qui de vous, en automne, a vu la feuille de la vigne sans admirer ses contours découpés en fer de lance et ses tons d'acier bruni cendré de stries rouges? Mais j'aime surtout à voir se rire en dessous la grappe, soit qu'elle enferme en un tissu d'argent une graine d'or ou qu'elle encadre en une pulpe écarlate une étincelle de feu. Et puis, autour de la grappe, les tourbillons bourdonnants d'abeilles qui se déploient comme des éventails à travers des flots de lumière! Que de rumeurs! Quel épanouissement! Quel flot bouillant de vie! On dirait de ces abeilles au milieu de ce brasier de vie des flammèches sorties ailées des entrailles du raisin! A ces révélations éclatantes d'une fécondité prodigieuse, mon esprit s'allume, et, remontant le cours des temps, évoque au fond de la mythologie païenne la troupe vacillante des faunes et des satyres. Evohé! je vois entre les vignes grimacer la face rouge de Sylène, et dans l'ombre, couronnées de pampres, les bacchantes en délire rouler comme un long serpent leurs tourbillons effrénés. Evohé! la danse aux mille pieds va, vient, vole, sans cesse nouée et dénouée, comme une vision de chevelures blondes épanouies sur des seins nus. Leurs rires éveillent au loin les échos et sollicitent les faunes qui, lascifs et boitant, viennent souiller ces lèvres vermeilles de baisers avinés et mêler à ces jeunes grâces leurs cuisses crottées et velues.

Bientôt la vendange aura couronné le côteau de ses pompes triomphales; le raisin, pressé sous des pieds cadencés, dégorgera ses entrailles vermeilles, et le jus, envahissant la cuve comme une marée de pourpre, écumera sur le bord en franges violettes. Je songe alors à ton tableau de l'automne, ô Jordaens, peintre rutilant et plantureux, et je l'encadre dans les rouges perspectives du côteau. Je laisse tes satyres folâtrer par les vignes, et ta bacchante, désormais sans scrupule, détacher tout de bon de ses flancs rosés les voiles qui les entourent. La vision païenne t'avait sans doute échauffé le cerveau, ô maître flamand, quand tu brossas dans ta pâte flamboyante, sous une avalanche de melons et de raisins, ce florissant automne symbolisé par un groupe opulent!

Qu'est-ce ceci? Je ne sais quelle savoureuse odeur, mêlée des parfums crus de la pomme et des parfums onctueux de la poire, s'est glissée dans le vent, à travers les âcres senteurs des forêts prochaines. Ce sont les vergers, rouges comme des masses de corail, qui dorment là-bas,—annoncés par ces rudes et pénétrantes bouffées. Les pommiers et les poiriers, bouffis de puissance et courbés sous leur épanouissement, s'y épaulent, groupes hagards, à la façon des gens ivres. Ivresse grande et sacrée! car sous le sourire des fruits éclos se cache la longue douleur des sèves bouillonnantes de l'enfantement! Ces arbres titubent et chancellent véritablement, et l'on dirait, à la veille de la maternité, l'étourdissement qui saisit la femme alourdie de son enfant. Ah! les poires et les pommes! merveilleuse moisson que nous allions grapillant quand nous étions de petits hommes qui allaient en classe! Est-il rien de plus tentant, de plus appétissant, de plus éblouissant que ces bouquets vermeils accrochés à l'arbre comme des pendeloques, et flamboyant sous la feuillée comme les joues d'une fille au travers de ses cheveux? Que de fois je vous ai guignées de l'œil et vous ai rêvées, poires aux veines purpurines serpentant sur fonds ambrés, pommes martelées de teintes incarnadines sur couches vert pâle, dans le lit moussu de quelque opulente corbeille portée à bras tendus par une flamande de Rubens !

VII.

SOLEILS COUCHANTS.

Au tomber du jour des brumes violettes se forment dans les lointains : le ciel, infusé de lumière, semble rouler des vagues d'or liquéfié, heurtées vers le bas à des pourpres éclatants et harmonisées vers le haut à des bleus pâlissants. Les soleils couchants dessinent des architectures fantastiques échafaudées dans tous les sens et s'escaladant l'une l'autre dans les profondeurs. Ce sont tantôt de gigantesques rochers, ébauchés dans de la braise, dont la cime hérissée de pics profile sur des fonds livides la silhouette des hydres, et qui montrent, pendus à leurs flancs, des forêts, des villes et des torrents, tout blancs de lueurs, comme si l'éclair s'était ouvert sur eux. Ce sont aussi, ténébreuses sur des flamboiements de salpêtre, des apparitions de châteaux — avec des porches béants, pareils à des gueules de fours, ou bien encore quelque ville de l'Inde, fourmillante de minarets et de mosquées, qui, délinéée à grands traits de flamme, se mire dans des lacs d'or ; ou bien, dans un cadre fulgurant de foudres emmêlées, quelque Sodome, pleine d'entassements, qui croule et roule à travers une avalanche de tours et de palais. Illusion! Illusion! On croit voir aussi, dans la nuée écarlate, des mêlées de guerriers aux armes éclatantes et hauts de cents coudées qui se poussent et se pressent dans des flots de sang, ou bien encore, comme si l'enfer s'entrebaillait, les tourbillons d'une danse de démons enroulés en mille nœuds comme les anneaux d'un serpent. Puis tout à coup ces impromptus, créés par le soleil avec des nuages, pâlissent dans les ombres envahissantes du crépuscule. Les rochers, croulant nuage par nuage, s'en vont rejoindre, dans un azur serein, les châteaux démembrés en flocons rosés. La nuit descend, déesse d'ébène à la chevelure constellée de saphirs.

OCTOBRE.

I.

FANTÔMES.

L'automne a marché. Les aurores baignées de brumes se lèvent dans des pourpres pâlies, et les soleils qui les suivent émoussent leurs traits d'or contre un immense bouclier gris. Une sorte de crépuscule terne et blafard succède à la nuit — bâtard d'une lumière impuissante et de ténèbres inféconde. On voit onduler sur les campagnes de grands brouillards, semblables à des nuées, que les rafales, retroussant à plis qui se reforment ensuite, refoulent par endroits. Tout s'y engouffre : les perspectives s'y resserrent en des limites étroites, et les plans des paysages y disparaissent confusément. Les frondaisons qui, dans une splendeur variée, découpaient sur l'horizon des lignes si merveilleusement nuancées, se sont envolées au vent et n'ont plus laissé aux branches que de maigres pinceaux qui s'effeuillent de jour en jour. On dirait qu'un scalpel, déchiquetant l'ossature des forêts, les a dépouillées, rameau par rameau, de leur vêtement de pourpre, et les lambeaux qui pendillent encore çà et là sont comme les charnures oubliées le long des os. Les croupes des bois, dépecées par le vent, détaillent sur le ciel la carcasse d'un squelette; les branches, hérissées en tous sens, sont comme un échevèlement de broussailles incrustées en noir dans le brouillard. Par terre, une marée de feuilles que le vent roule à grandes vagues s'entrechoque avec un bruit métallique. Les arbres se dressent, hagards et fantastiques, en mille postures redoutables, comme des personnages évoqués de l'enfer pour épouvanter les pauvres diables cheminant. Les uns, accroupis sur des racines entre croisées, semblent des mendiants goîtreux qui tendent aux passants des moignons écharnés; les autres, tordus en spirales et emmêlés de nœuds, s'enlacent comme les croupes annelées d'un nid de serpents; d'autres encore, élancés et droits, dessinent à travers la brume, comme à travers un linceul, des silhouettes désordonnées de fantômes. Parfois les perspectives peuplées de profils mornes et abrupts charment l'esprit par des visions plus douces; séduite par de vagues similitudes, l'imagination vient en aide aux jeux du hasard et achève dans la lumière les caprices ébauchés par l'ombre. Au tournant des chemins, elle campe, sur des haquenées à bouffettes rouges, d'aventureuses damoiselles en velours noirs crevés de satins écarlates. Sur les pentes, elle pousse des galopées d'amazones chevauchant à croupes inégales; dans les bas-fonds, elle sème des rendez-vous de chasse fourmillants de pages et de châtelaines. Bercée par l'illusion, elle croit entendre dans les murmures du vent les babils de tout ce monde idéal, et, brodant sur ces fonds chimériques de capricieuses réalités, elle donne à un rêve enfanté par des apparences mensongères les sens variés de la réalité.

II.

DERNIERS SOURIRES.

Il y a pourtant encore des jours de soleil; on les aime et on les recueille, ceux-là, comme des sourires sur des lèvres en deuil. Ce n'est plus le flot de lumière éclatante, tout crépitant d'étincelles, qui brûle et flamboie, — mais une lumière tiédie, fondue en vaporeux nuages, où la terre flotte comme en un crépuscule argenté, et ce n'est pas le soleil, mais plutôt une infusion des deux dans un élément bleu rayé d'or. Les bois retrouvent alors une partie de leurs anciennes splendeurs; mais harmonisés avec la sévérité des jours, ils étalent des pourpres assombries. Du milieu des fouillis les troncs surgissent, glacés de mousses luisantes et délinéés sur des fonds fuyants, comme les colonnes restées debout d'un temple écroulé. Le soleil, rayé par les arbres, découpe sur le sol des râteaux dentelés de pointes d'or. Par ci par là, quelques verts ont subsisté; ailleurs les écarlates rehaussent les roux. La féerie des lumières n'est pas tout à fait morte; dans les fourrés on voit scintiller encore des paillettes, mais de jour en jour cela disparait, envahi par l'ombre. Les couchers de soleil sont rapides et tremblotants : quelques pourpres éparpillées dans le brouillard; de longues ombres violettes vacillant par terre; une bande de lumière à l'horizon, qui décroit et se fond; un globe rouge qui devient blanc et tout à coup disparaît : voilà la fin des jours. Puis la vesprée commence : la lune, comme une pulpe blanche et fondante, s'élève à l'horizon, puis se durcit et s'arrondit, éclatante et sereine, en un disque de cristal. Ces nuits-là sont rigides : plus de ces molles lueurs qui font autour des étoiles des bourrelets d'hermine; plus de ces transparences qui reculent les voûtes et illuminent les profondeurs de flammes douces. L'azur est implacablement clair : les étoiles s'y enchassent nettes et dures comme des clous d'acier sur une cuirasse d'airain.

A mesure qu'avance la saison, les nuits deviennent sinistres. La lune couronnée d'un halo roussâtre, semble pleurer dans le ciel, et les étoiles, à peine entrevues dans les nuées vagabondes, semblent roulées dans des tourbillons ou emportées dans des coups de filet. Nuits pleines de frissons où l'on voit rôder dans l'ombre les noires visions! O paysages fantastiques créés par l'amoncèlement des nuages et sitôt évanouis que conçus! O batailles désordonnées esquissées sur le front de la lune par les voiles roux de la nuit! Volées de nuées tumultueuses déchirées en lambeaux et éclairées d'éclairs blêmes. Trouées béantes dans les profondeurs! spirales tournoyantes dans l'infini! Il m'a souvent paru que dans vos plis enroulés et déroulés tour-à-tour, comme dans un crêpe de deuil, les âmes veuves passaient avec de grands sanglots. Je croyais voir dans le pèle-mèle de vos crêtes montueuses rouler de formidables troupeaux de bœufs sur des pentes de ravins, ou tourbillonner devant le glaive de quelque archange une trombe de damnés. Petit à petit, l'illusion de ces choses imaginaires prenait sur mon esprit un tel empire que non seulement je voyais distinctement les mystères que je rêvais, mais encore que je les entendais se révéler à moi par des rumeurs confuses. L'air se peuplait autour de moi de mugissements étranges, et par moments, quand la lune écornée grimaçait quelque profil grotesque, il se faisait au dessus de moi un vacarme de nuées, comme si, entrebâillé tout à coup, l'enfer prenait les ténèbres pour confidents. Entraîné par une sorte de vertige dans des mondes surnaturels et perdu dans l'horreur grandiose de ces nuits, je prêtais aux choses les plus insignifiantes des significations profondes. Les souffles du vent heurté aux arbres et engouffré dans les allées me semblaient des voix sorties des abîmes et m'arrivaient comme à travers des clairons d'airain. Des fantômes, des goules, des lémures, toutes les faces hideuses inventées par le moyen-âge en ses désespoirs, tous les monstres marqués sinistrement du sceau de cette noire époque, je les voyais, ils pesaient sur moi ; ils se mêlaient à mon sang et à mes pensées ! Et puis encore, que sais-je? des légions de pendus, dans la nuit, qui, branlant à travers la tempête, secouaient sur mon chemin leurs carcasses et s'accouplaient hideusement dans la nuit ! O délire ! Ténèbres !

III

LES RUINES.

L'automne est la saison des morts et la saison des ruines. Pour moi, c'est par ces temps de brume et de soleil que j'aime à m'en aller, le long des murs éboulés, écouter les confuses rumeurs des ruines. En été, la pensée, distraite des morts par les vivants, peuple les solitudes de caprices indignes de leur majesté et trouble leur religieux silence des bouillonnements d'un cerveau exalté. En automne, ramené vers le recueillement par l'austérité des jours, l'esprit se dégage de l'essaim des fantômes enfantés au soleil. Le granit des vieux manoirs ne sert plus à construire des palais aériens égayés de folles visions; les paladins, exhumés de leurs caveaux, ne ploient plus à des travestissements puérils leurs tailles faites pour des armures de fer. On laisse alors la pierre raconter le poème des choses et des hommes, et, tout pénétré des chroniques anciennes, on souffle sur les poussières amoncelées des ruines pour y rallumer les éclairs du souvenir. On réveille dans les coins de sa mémoire mille échos qu'on croyait muets; on glane mille fleurs qu'on croyait flétries ; on retrouve mille figures qu'on croyait disparues ; on fait mille rencontres charmantes auxquelles on ne croyait plus. Ah ! les beaux défilés que l'on contemple, embusqué à l'angle de l'esprit et du cœur, et qui, sortant pêle-mêle du tombeau comme d'une nécropole, secouent leur linceul en passant et s'en viennent reprendre, sur les théâtres abandonnés de leurs vieux exploits, leurs vieilles postures héroïques ! On redresse les murs, on relève les tours, on refait avec la ruine ce qui était avant la ruine. Les cours se peuplent, les salles se remplissent ; la vie se fait ; on va, on vient, on monte, on descend. Cris et silences, rires et gémissements. Les cachots sont gorgés, l'oubliette a sa proie. Les rondes passent ; sur les tours, le pas des sentinelles ; çà et là, des reitres jouant aux dés sur un tambour ; puis, dans l'ombre, un mousquet qui luit, des éclats de fanfares ; le brouhaha des pages, les caquets des femmes, les aboiements des chiens, les hennissements des chevaux, tout un monde qui se réveille dans un cadre de pierre, comme un siècle endormi. L'imagination varie les perspectives, brouille les lumières, fait la nuit et le jour, et, traçant avec sa baguette des cercles mystérieux, évoque des apparitions variées sur des fonds changeants. — Tout à coup, c'est la bataille ; on tue en haut, en bas, partout ; dans la plaine, l'ennemi ondule et se bouscule ; on se presse aux portes ; les épées scintillent ; les boucliers étincellent ; on dirait des foudres éparses ; les casques volent en éclats ; les chevaux se cabrent et font des mêlées dans la mêlée. Dans le château, les tonnerres éclatent ; les gueules des couleuvrines s'ouvrent gorgées ; les mousquets crachent la mort ; le fer et le feu sont partout ; d'en haut la poix coule en torrents rouges; des créneaux tombent des grappes d'hommes; c'est le carnage, le sang qui coule, mille morts, des courages superbes, l'ennemi tué, le château vainqueur, — tableau fourmillant et coloré. Puis ce sont les apprêts de quelque pompeuse chasse : les limiers en laisse bondissant; les haquenées piaffant; les écuyers devisant et riant. On entend dans les coins des bouts de halali; les cors jettent des notes étouffées; on bruit; on court; on caquette. Çà et là des chevaux qu'on promène à la bride, impatients, hennissent et se cabrent. Les pages en groupes mutins, œil vif, lèvre pourprée, agacent les faucons et font sauter les chiens. Plus loin, un nain fait la roue parmi des valets truculants qui le lutinent. Chacun est en fête : grasse lie; grasse journée. Tout à coup le silence se fait. Du perron les dames, appuyées aux mains des seigneurs, descendent à grands flots d'hermine et de satin, et d'un pied léger bondissent en selle; — puis chacun enfourche sa bête. On baisse les ponts, les cors retentissent, le vacarme redouble, on se cherche, on crie, on rit, on s'appelle; les meutes se démènent, folles et furieuses, à la tête des chevaux; les pages bruissent comme un essaim de mouches. Enfin, la chasse passe le pont, et fougueuse, délirante, s'éparpille au dehors comme une vague de pourpre et d'or. Soi-même, en galant équipage, on chevauche auprès d'une belle fille qui rit en montrant sa gorge. — Puis c'est autre chose, et la rêverie en page rose et vermeil, blottie dans les jupes d'une châtelaine comme un oiseau dans son nid, effeuille les roses amoureuses sur les pages d'un missel gothique que la dame se fait lire à l'envers. Ou bien, drapée dans un manteau, elle s'en va, la folle du logis, sur le minuit, rôder autour des tourelles, et hissée sur le pied pour mieux voir, roucoule une romance en égratignant une guitare. Parfois, rejetant ces fantaisies pour des pensées plus graves, un pied dans le passé, un pied dans le présent, elle confronte les siècles morts avec les siècles vivants, et penchée sur l'humanité comme la sorcière sur sa cuve, elle y voit rayonner dans les profondeurs la face des siècles futurs.

O pierres imprégnées de cendre humaine ! O poussières amoncelées ! O vie du néant ! Majesté des solitudes ! On dirait que, chargées par les siècles d'embaumer leur histoire, les ruines se sont accroupies sur des sépulcres, et que, gardiennes des traditions antiques, elles les pleurent à travers le temps. Laissées seules sur l'océan du passé, jalons des routes parcourues, débris des mondes écroulés, elles voient passer sur leurs têtes, comme d'ardents météores, les civilisations nouvelles qui les foudroient. Mais, debout sous ces foudres, souffletées par les générations qui passent, continuellement battues par le temps, elles ne cèdent point les mânes dont elles sont le linceul, et, courtisées par les hiboux, fières et hautaines dans leur décrépitude, elles résistent jusqu'au moment où le temps balaie au gouffre leur dernière pierre pêle-mêle avec leurs légendes. C'est là qu'il faut aller pour sentir en soi le frissonnement des visions surnaturelles. Le vent qui passe sur les ruines en arrache des rumeurs confuses ; sans doute, réunies sous son souffle, les poussières éparses ont tressailli d'être accouplées, et, dérangé dans son repos, le néant a gémi de ne pouvoir y rester. La nuit, par les trèfles des ogives, la lune dessine par terre des linceuls, ou, éclairant en blanc les créneaux, ébauche des fantômes au front des tours. Le bruissement des ronces est pareil au frou-frou d'une robe de satin, et l'on se retourne comme si, annoncée par ce bruit, quelque châtelaine arrachée à son sommeil séculaire allait paraître. Puis, c'est une marche descellée qui croule sous le pied et fait penser aux trappes tout à coup béantes. C'est encore dans les coins des ombres inexplicables, comme des mains tendues vers vous, ou votre ombre même, coupée et tailladée aux angles, qui hésite et semble reculer. La bise qui se mutine ou se fâche fait entendre, dans les fentes des murailles, des complaintes railleuses comme des sifflotements de flûte, ou des râles stridents comme des éclats de trompette.

NOVEMBRE.

I.

MELANCHOLIA.

Ah! mes amis, resserrons notre cercle et mettons-nous au coin du feu, comme des frères, pour bien nous entendre et nous chauffer, car voici l'hiver qui débouche derrière l'automne. Après Sylène rouge, Pierrot blanc, et Pierrot barbouillé de farine Sylène qui fuit. Nous n'irons plus, dans les grandes ruines, babiller avec notre âme, ou conter fleurettes aux fantômes des châtelaines; nous ne folâtrerons plus avec des ombres charmantes au bras par les petits sentiers des bois où l'on ne va qu'à deux, et où les petits oiseaux disent bonjour quand l'on passe ; nous ne ferons plus à l'écho des confidences qu'il garderait pour lui, et vous n'aurez plus vos belles peurs, ô les amoureuses, quand, pour un baiser volé, vous criiez bien haut, et qu'au loin le bonhomme écho, gonflant sa voix, ricanait, disant : holà ! Les petits oiseaux ont quitté les bois ; voyant leurs nids emportés par le vent, ils sont venus, à la ville, demander l'hospitalité des gouttières. O charmants petits babillards! Joies demeurées vivantes dans la désolation commune ! O frémissements d'ailes semblables aux frémissements des feuillées! Figures ailées de l'espérance! Alors que la brume enveloppe de ses ombres glacées les maisons des villes, et que des carrefours s'élève le gémissement des misères en haillons, ils planent, ces fils du ciel, sur la nuit où nous grelottons, contents des miettes qu'une main amie essème sur le bord d'une fenêtre ou des poussières que le vent jette sur leur route; de la cheminée où ils ont abrité leur famille, ils contemplent l'implacable lividité du ciel, et, se souvenant des bois, de l'amour et des folles courses au soleil, ils bruissent, gonflés d'espérance et de désir. Que la pluie, la neige ou la grêle viennent à mouiller leur aile, ils secouent leur petites plumes douillettes et s'enfoncent plus avant dans leur nid. — Frêles et gracieuses bêtes, qui luttez si courageusement contre la mort et la souffrance, j'apprends de vous à ne point gémir sur les coups qui peuvent m'atteindre. Comme vous, parmi les solitudes dévastées où pourrait me conduire ma destinée, je mettrai ma foi dans l'avenir. Pourtant, gentilles créatures, aux jours de glace, quand les rues sont blanches, que le pas des chevaux s'amortit sur la terre durcie, que le bruit des existences humaines n'est plus, dans l'air qu'elles traversent, qu'une vaine et faible rumeur comme celle de la vie qui s'en va, j'ai peine à vous voir, fouettées par les rafales, blanchies par le givre, grelottant peut-être dans vos légères fourrures, chercher sous le pied du passant la subsistance qui vous conduira jusqu'au printemps. Eh quoi! vous, les amis des papillons, les bien-aimés des fleurs, les amoureux coquets et bavards des jardins et des bois, il vous faut mendier à la bise la graine qu'elle balaie devant vous! Mais, faibles hommes, dans le désenchantement du monde, nous pleurons sur vous, sans nous apercevoir que votre voix, claire et vibrante, domine le sifflement des vents et que toute la rage des éléments expire contre la patiente espérance qui survit en vous aux causes des défaillances des hommes. — Eh bien oui, j'aurai foi : le soleil n'est pas mort, les roses renaitront, les divines harmonies du monde retentiront encore à mon oreille. Salut, salut, bêtes du ciel ! Le bruit de vos ailes que vous secouez devant ma fenêtre éveille, sur l'invisible lyre qui chante en mon âme, les ineffables accords des belles nuits et des beaux jours. Bercé par l'illusion de ces voix suaves, je chasserai de mon cœur les désolations qui viennent s'y abattre à l'heure du grand deuil de la nature, semblables à ces sorcières décrépites et branlantes que la nuit des sabbats amenait aux carrefours des bois, semblables encore à ces oiseaux de carnage que l'orage apporte sur les côtes, prêts à fondre sur les débris que la mer y a poussés. Je fermerai mes oreilles aux gémissements de l'universelle agonie, et mes yeux, je les fermerai aux vacillantes lueurs du flambeau qui s'éteint partout. Je ne verrai pas la nuit qui déborde des cieux ; les sombres voiles qui m'ont dérobé la face du soleil, rigides comme les suaires qui couvrent la face des morts, je ne les veux pas voir. — Mais, avant tout, il me faudra arracher de mon âme les terreurs que l'habitude y a laissées ; comme on chasse au matin les visions d'une nuit de fièvre et d'insomnie, je balaierai de moi-même les cendres encore tièdes des siècles tombés sous la malédiction des hommes.

—•◦•—

Ah! ce n'est pas pour rien, Religion catholique, que sur tes croix d'ébène, noires comme la tombe, tu incrustas des christs d'or, éblouissants de pierreries, et que sur la face de ton divin supplicié tu fis rayonner, au sein des sanctuaires, la clarté des cierges! En vérité, quand la Mort, sanctifiée tout à coup par le martyre, descendit dans l'âme insouciante des païens corrompus, il fallait sur l'avénement de cet hôte inconnu que des siècles nouveaux conduisaient au banquet des hommes, et qui, à peine entré, montrait qu'ils leur appartenaient tous, il fallait les voiles complaisants des cérémonies mystiques; sur le cadavre sanglant que l'humanité allait rencontrer dans sa route, symbole de ses destinées, il fallait les nuages d'encens qui montent, allumés de flammes blondes, et dérobent à l'esprit qui s'emplit de mystère la rigidité des contemplations; sur la profonde horreur de cette nuit pleine de spectres qui se levait, comme une pierre de sépulcre, devant les joyeuses clartés du vieux soleil païen, il fallait le resplendissant éclat des chérubins ouvrant dans l'horizon d'or d'une théologie fantaisiste leurs grandes ailes blanches. Ah! certes, sans les prestiges et les enchantements qui nous voilent la nudité sévère des maximes, l'éternel sacrifice que prêche la religion nous aurait, dès longtemps, laissés meurtris et désespérés au seuil des temples; une dévotion sensuelle, succédant à l'austérité évangélique, prolongea seule sur la terre l'existence d'un culte que ses rigueurs ne pouvaient assurer parmi les hommes.

Le jour où Christ, parmi les éclairs d'un orage qui ne cessa de gronder par le monde pendant des siècles, ouvrit sur la croix ses bras d'agonisant, le jour où cette grande figure de l'immolation consacra parmi les hommes les sacrifices et le trépas, des souffles desséchants passèrent sur le monde, l'ombre prit une voix pour appeler ceux qui étaient dans la lumière, la jeunesse rejeta les roses pour se couronner de cyprès, le crépuscule des basiliques s'étendit sous la face des cieux; les lueurs de la vie sur le front des enfants, les éclairs de la joie dans l'âme des parents, les rougeurs aux joues des vierges, l'éclat rieur de l'existence, et la grande rumeur de fête qui s'élevait du paganisme vinrent s'engloutir dans le gouffre que le monde ancien vit tout à coup s'ouvrir sous ses pas.

En vérité, le monde était vieux; la chanson se mourait aux lèvres des buveurs; l'empire traînait dans la fange son vieux char en morceaux ; on sentait dans l'air, comme aux approches des grandes crises qui bouleversent la nature, les mystérieux avertissements des révolutions, et, dans le vide où se perdait l'âme, on tendait les bras vers un état nouveau. Aux orgies de la décadence devaient succéder les deuils des temps chrétiens; l'âme, ayant épuisé jusqu'à la lie la coupe enchantée des plaisirs, courbée sous la satiété que la folie laisse à ses disciples, chercha dans l'austère loi des sacrifices les émotions qu'elle ne trouvait plus dans l'ivresse des joies terrestres. La pâle figure du dieu nouveau, surgissant tout à coup parmi les décrépitudes d'un monde à l'agonie, éclipsa, au reflet de son nimbe divin les flambeaux expirants des saturnales; le néophyte, bercé aux clartés de l'olympe égrillard, se plongea volontairement dans les ténèbres pour oublier l'éblouissement de ses premiers regards; et sur le corps amolli par les caresses des femmes, la tunique ondoyante fit place aux rigides cilices. Sans doute, après l'épuisement des débauches impériales, il fallait aux hommes la régénération du cœur, et sur les ruines du corps tombé en lambeaux, l'âme devait enfin se lever immortelle. La fatalité des révolutions, qui ne sont pas un vain jeu des temps, mais l'inévitable conclusion de certaines phases sociales, pousse ainsi d'un pôle à l'autre l'esprit des hommes, et la réaction est au bout de toutes les conditions par lesquelles il passe, aussi bien dans la liberté que dans la servitude.— Si l'on vit, au temps du Christ, les pâles enfants de l'empire briser les idoles qu'avait adorées leur enfance et courir avec une sorte de frénésie joyeuse au devant des sacrifices que leur prêchait la voix des apôtres, l'ardeur même de ce sombre enthousiasme,épuisant à son tour la douleur comme l'enchantement des banquets avait épuisé la joie, devait leur faire rechercher petit à petit des accommodements avec la rigidité de la loi.

La religion de Dieu devint la religion des hommes. L'auguste simplicité des maximes qui en constituaient les bases, travestie par les cérémonies que les papes inventèrent pour mieux enchaîner les hommes, n'a plus été dès lors qu'une vision idéale, évanouie avec le passé et roulée au néant avec la croix même du martyre. Mais si la croix a disparu, son ombre est restée sur le monde, et dans ses deux bras étendus pour un embrassement d'amour, le genre humain a trouvé l'étouffement des prêtres. Oui, de ce faîte sublime dont la légende fait descendre jusque sur le front des bourreaux le pardon qui révéla aux hommes une religion nouvelle, la malédiction éclata désormais par la bouche des papes et confondit dans les angoisses les âmes éperdues de ces voix qu'elles croyaient sorties du ciel. Alors on vit se répandre dans les villes et les campagnes, sous des formes que l'antiquité même en ses rêves hardis ne put inventer, les monstres innomés des traditions catholiques, et l'enfer, auxiliaire merveilleux d'une puissance qui dominait par la terreur, tira du chaos les légendes épouvantables des démons pour en opprimer les consciences. Désolation des désolations! Sous le coup des anathèmes qui frappaient les peuples, le cœur, oppressé d'incertitudes éternelles, s'abreuvait de larmes et répudiait les moindres joies de la vie, croyant y voir sans cesse des malices de l'enfer. La grande chauve-souris de Dürer, symbole de la mort, avait ouvert par dessus la terre ses grandes ailes ténébreuses et planait comme une éternelle menace sur la vie. Tout était lutte et combat : les cadavres eux-mêmes, rejetant leurs suaires, quittaient la paix des tombes et poursuivaient les vivants de leurs appels et de leurs huées. Et, pendant que l'esprit, affolé de chimères monstrueuses, voyait partout autour de lui l'abîme béant, pendant que la mort se glissait dans les foyers, prenant sur des seins vides de lait de pâles nourrissons, cueillant l'âme à peine ouverte des vierges, moissonnant les jeunes fleurs de l'adolescence, arrachant aux bouches des vieillards un souffle entrecoupé par la fièvre et les sanglots pendant que cette énorme agonie de cinq siècles, pleine de râles, de blasphèmes et de hurlements, faisait trépigner dans l'ombre les esprits de l'enfer, le temple se maintenait debout, l'autel voyait succéder sur ses marches le simoniaque et le débauché, la parole de paix se prêchait dans les chaires, et l'encens montait vers le ciel, comme l'adoration des sanctuaires, dans la lueur des cierges et les clartés sinistres des *auto-da-fé*.

O Christ! que ne descendais-tu donc des nuages où tu

savourais l'immortalité reconquise, et que ne mettais-tu sur la vieille croix tombée par les chemins ton cadavre troué de clous? Et ce Dieu qui te laissa mourir, que ne congédiait-il un instant les divins chanteurs qui le louent sur des harpes d'or, pour confondre l'audace de ceux qui détruisaient les fruits de ton martyre après t'avoir eux-mêmes mis au tombeau? Telle fut l'horreur de ces temps qu'aujourd'hui même, dans le calme grandissant de la conscience et sous le firmament d'une philosophie sereine, les rumeurs de l'infernal sabbat viennent parfois oppresser nos esprits, et l'ombre des vieilles superstitions se projette encore sur l'aube qui nous éclaire. O mensonges de l'imagination! Follets trompeurs! Incertitudes de l'âme longtemps ballottée sur des gouffres! La mort, de ses griffes aiguës, s'accroche aux fibres de l'être, et d'épouvante en épouvante nous roule jusqu'aux ténèbres du néant!

C'est ainsi que l'automne, avec ses grandes journées sans fin que ne règle plus la marche du soleil, et l'implacable monotomie de ses ciels où semble se mourir la nature, c'est ainsi que l'hiver, en son deuil qui enveloppe jusqu'à l'espérance des hommes, avec ses lugubres nuits de tempêtes où le vent qui hurle s'emplit de voix étranges, de désolations inouïes, de cris inachevés, de pleurs étouffés et de bruits de chaînes, c'est ainsi que les spectacles qui frappent nos sens ravivent en nous les plaies que nous ont léguées nos ancêtres : alors la tombe sollicite l'esprit qui recule, la lutte se refait entre la mort et la vie, et les transformations périodiques de la nature, réglées par une immuable et merveilleuse loi, au lieu de nous présenter les transitions de l'être qui dépérit pour se renouveler, ne sont plus que l'implacable fatalité du néant qui nous réclame nous-mêmes.

Petits oiseaux, bêtes du ciel, venez à nous dans ces désolations. Tout n'est pas mort tant qu'il y a des voix qui parlent d'aimer. Chantez, vos chants seront les rosées qui feront refleurir en notre âme l'espérance qui se meurt.

POSTE D'AUTOMNE.

LETTRE D'UN HOMME CHAGRIN.

Paris. — Octobre.

C'est bien petit et bien ennuyeux la ville, quand on vient des champs; pour horizon, après les ciels et les forêts, le théâtre et les cafés, pour perspectives, des lendemains pareils à la veille. Rien de nouveau : on sait tout; on a été bercé avec les choses qu'on voit ; il y a vingt ans qu'on connait les mêmes figures. Les maisons ont gardé leurs numéros : ici, c'est toujours l'épicier; là, c'est toujours le boucher. Pour une jolie femme qui passe, il y en a deux de passables et dix de laides; les notaires se ressemblent comme les portiers; les femmes honnêtes ressemblent aux lorettes; l'auvergnat, qui ne l'est pas, vous dit *monchien* comme s'il l'était; au coin des rues, vous rencontrez toujours vos créanciers, à la même heure, dans la même posture; un homme est écrasé où hier un homme est mort d'apoplexie. Les gazettes racontent avec des mots invariables des faits indubitables; les calembours que l'on fait vous ont été chantés au maillot par la nourrice. Le printemps semblable à l'été, l'été semblable à l'automne, et l'automne semblable à l'hiver, avec cette différence qu'il neige dans le premier, qu'il grêle dans le second, qu'il pleut dans le troisième et qu'il fait du soleil dans le dernier : c'est toujours la même histoire. — Paris est un cloaque; les égouts sont des torrents; il y a des cataractes aux trottoirs; les fumées vous étranglent; les brouillards vous aveuglent; on a les pieds mouillés ; on va sans savoir où, on court sans savoir pourquoi, on fume pour tuer le temps, on boit pour fumer, on mange pour boire, on ne fait rien et on veut faire tout; on s'ennuie, et on a la rage du plaisir. Les amis vous dévalisent, les ennemis vous assassinent; celui-ci vous mange la peau, et celui-là vous mange les os. On a froid dans les rues, on rentre ; on gèle chez soi, on sort; on va au théâtre: c'est un bain de vapeur; on y étouffe ; à la porte on s'enrhume et l'on en a pour quinze jours pendant lesquels le nez siffle, le cerveau bruit, les yeux larmoient, les oreilles bourdonnent, on dit : *badabe* pour *madame*, on n'est bon à rien, on lit Homère à l'envers, on bat son chien, on injurie ses amis, et l'on remplit des mouchoirs. Ah! l'automne à Paris! Mieux vaut l'hiver à la campagne, dans une Thébaïde, tout seul, — qu'ici, dans ce tourbillon où l'on vous éventre, bouscule, écrase et fracasse à coups de pieds, à coups de poing et à coups de langue. Les filles à marier, cyniques comme des porcheronnes, vous louchent au passage, et, mariées, remplacent les maris par des amants, qui sont des porte-faix. Les salons s'ouvrent; les lustres s'allument; les soirées commencent ; les petits talents se mettent à la rampe ; on fait de la musique, on écorche les pianos, on égratigne les violons, on hurle des morceaux d'opéra, on miaule des chansonnettes;

les rébus fleurissent, les calembours s'épanouissent, on lance des pétards qui ratent, on tire des feux d'artifice qui vont à l'eau. Dans les cours, on chuchote, on marmote, on barbote, on ergote, on argote, on complote. Les vieilles filles s'accouplent ; on entend des râlements, des toussements, des crachements : c'est un réveil de vipères. Et l'on rit et l'on glapit, et l'on raille, et l'on fouaille, et l'on tenaille, et l'on défait, et l'on massacre et l'on brûle et l'on tue, à voix basse, à petit bruit, à petit feu, derrière un mouchoir où l'on tousse, avec ses dernières dents, ses médisances et ses calomnies. Ah ! les bons petits comités où l'on commère et l'on conspire et l'on voit défiler, sans être vues, les jeunes couples amoureux qu'on marque au dos et qu'on renvoie, stigmatisés, à leur nid, comme s'ils s'en souciaient, parce que soi-même on a des rides et qu'on n'a plus, pour s'y frotter, dans son alcôve, qu'un chat, comme de vieilles sorcières. Les belles histoires qu'on arrange en *à-parte* sur les choses et sur les hommes ! Les beaux contes enfiellés qu'on échafaude sur des riens ! Les fins petits mots, mijotés et lardés, qu'on décoche en plein cœur ! Les charmantes intrigues bien noires, bien sales, bien troussées qu'on ramasse à l'égout et qu'on colle, comme de la boue, aux talons des passants. Oh ! les ripailles de langue ! les débauches d'esprit ! les prurits de palais ! Comme on épluche, on échenille, on écharne, on détrousse, on défarde, on démasque, on désembéguine, avec les ongles, les dents, les mains, le scalpel et le balai, poliment, gaîment, dans les formes, toute cette galerie de dupes et de dupés, de roués et de candides, de vicieux et de vertueux, de jeunes et de rajeunis, sur lesquels, siècle chenu et branlant, on se venge de ce qu'ils sont encore et de ce qu'on n'est plus ! Les voyez-vous, groupe grotesque et ténébreux, avec leurs faces de harpies ? Leur œil étincelle de fureur joyeuse, en suintant ; leurs machoires disloquées s'ébranlent pour la médisance, et l'on voit par moments passer sur leurs bouches sans lèvres leurs langues toutes blanches de venin. Puis, comme contraste, à côté de ces mégères, — épanouis dans l'amour, sont des couples charmés et charmeurs qui resplendissent ; la flamme se mêle à la flamme, et ainsi ils sont à deux comme une seule âme et une seule lumière. Coins bénis où l'on entend je ne sais quoi de confus qui est ce qu'ils disent, ou peut-être des battements d'ailes invisibles ouvertes sur leurs têtes ! Comme ils babillent et se lutinent et se mutinent, vifs, alertes, coquets, comme pinsons en mai, et comme ils ont mille choses à se dire qui sont toujours à recommencer et qu'ils recommencent sans cesse pour n'achever jamais, et comme tout cela est bête à ravir, et comme l'on voudrait y être, et comme on donnerait sa raison pour avoir cette folie-là, et comme on se mettrait à quatre pattes pour ne pas devoir marcher sur ses deux grands pieds ! — Au diable les roucoulements, les murmures, les gazouillements, et la main qui frôle la main, et le pied qui presse le pied, et les petites caresses qui se font sans qu'on le sache, et ceci vu et cela su, et les tu et les vous que l'on brouille, et tout ce grand enfantillage dont il faut bien qu'on pleure quand on n'en peut pas rire, et qui fait qu'on s'en va tout noir et désespéré, l'esprit aux anges et l'âme au désespoir ! Merci de vous ! Je préfère encore le chanteur qui s'égosille au piano et m'horripile de ses piaulements semblables à des grincements d'ongle sur l'ardoise, ou les mères de famille qui vous accrochent au passage, et rouges d'espoir, avec mille sourires, vous arborent face à face leurs filles nubiles — comme des choses à vendre. Ah! les soirées, je les hais, et j'y suis chaque soir des heures entières où je me dévore et meurs d'autant. C'est un militaire qui vous relance à travers ses campagnes, un boursicotier qui vous emmêle à ses opérations, un épicier qui vous confit à ses drogues, un avocat qui vous enlace à ses causes, un médecin qui vous défile le chapelet de ses cures, l'un qui dit noir quand vous dites blanc, l'autre qui coupe sur vos lèvres le fil de vos paroles, un autre qui jauge vos mots au poids de la raison, puis l'ami de la famille qui vous tape sur l'épaule et qui vous dit : « Je vous ai fait sauter sur mes genoux que vous inondiez. » Et voilà que je déserte le salon pour le théâtre, mais si je ne m'y ennuie pas davantage, je ne m'y amuse pas plus. La belle chose que tous ces gens qui se démènent en hurlant, piaulant et mugissant, avec des habits crasseux, le long d'un rampe fumeuse, dans un décor qui est, selon qu'on rit ou qu'on pleure, un bouchon avec des bancs devant, ou un appartement avec trois portes au fond. Suez, courez, piaillez, égueulez-vous, faites les rois et les bergers, soyez Adonis tout rose ou Loup-Garou tout noir, bâtonnez-vous et colletez-vous, grimacez du Molière et minaudez du Marivaux; je vous sais par cœur, je vous ai toujours connus. Vous avez beau vous grimer et vous maquiller; j'ai vu vos masques passer du front des cabotins au front des maîtres; à vos bouffonneries j'ai ri tout mon soûl, et j'ai pleuré toutes mes larmes à vos pleurnicheries; et, pour me consoler du théâtre qu'on sait sur ses doigts, je lis seul à seul Molière qu'on ne sait jamais tout à fait. — Oui mon ami, voilà Paris : —

les théâtres s'emplissent de bruit et de monde ; le drame, paradant en moyen-âge, tire sa botte pour une héroïne qui meurt éternellement pour renaître toujours ; la comédie secoue, sur des échines qui ne le sentent pas, son fouet qui n'a plus qu'une corde ; le vaudeville sautille sur un pied qui ne va guère, égrenant des grelots qui ne sonnent plus. Quant au danseuses, qui sont toujours les mêmes, je n'y tiens guère, si ce n'est après dîner, quand ce que je vois me laisse deviner ce que je ne vois pas. Plâtrées, fardées, maquillées, jonquille et céruse, ce sont des pastiches de femmes ; pour leurs jambes, qu'on dit être leur beauté, elles sont à tort et à travers, ce qui m'ôte l'illusion. Il y a de gens qui se plaisent aux maillots, y trouvant des choses qu'ils caressent dans leurs lorgnettes ; moi, je ne puis m'y frotter sans me déchirer, et quand par hasard une jambe est bien faite, je loue, non la danseuse pour la jambe, mais le fabricant pour le maillot. Il y aussi les cirques qui s'ouvrent, et houp ! houp ! les fouets retentissent ; les chevaux, qui sont des empaillures, caracolent sous les écuyères qui sont des effaçures ; les clowns en colloque se disloquent ; c'est le saut du cercle ; avec cela un orchestre étique qui s'époumone dans des instruments fêlés, et voilà où Paris va. Puis ce sont les concerts : des chanteurs qui ont des fureurs en gants blancs ; des barytons qui beuglent ; des ténors qui glapissent ; des pianistes à califourchon sur leurs pianos : Beethoven qu'on écorche ; Weber qu'on met à la claie ; et puis les *dilettanti* qui bruissent et bourdonnent, pleins de furie, comme des mouches dans l'orage. Que dirais-je encore ? Avec les oies les lorettes sont revenues ; on les voit partout qui se faufilent et fourmillent et frétillent. Elles se plâtrent, se badigeonnent, se peinturlurent, fresques ambulantes, et l'on dirait qu'elles portent au dos l'enseigne de leurs boutiques. Elles ont des mots qui font éternuer, disent des sottises qu'on prône comme de l'esprit, sont bêtes à garder les vaches, laides comme des magots chinois, flairent le corps de garde, se teignent les cheveux en tomate, grugent les passants, écorchent les gens, frelatent leurs baisers, et se font rapporter chez elles ivres-mortes par la garde. N'est-ce pas aussi le temps où les journalistes entrent en fureur et crachent dans leurs dévidoirs hebdomadaires un fiel qu'on leur paie à tant la ligne? On les voit partout, barbus et crottés, qui jacassent, trépignent et se tortillent, tout à la fois pies, singes et serpents. Au théâtre ils font les rois; la stalle qu'on leur donne est un trône qu'ils s'octroyent; ils jugent en juges et exécutent en bourreaux; ils ont pour la danseuse qui fait ses pointes des airs de tête qui disent « *bien* », et ils glacent par des mouvements de sourcil le ténor qui lance son *ut*. Au café, maîtres absolus, ils sucrent leur demi-tasse d'épigrammes, décochent à chacun son lardon, se vantent comme des cochers, médisent comme des portières et se collètent comme des porte-faix. — Ajoutez à ces misères que voici le jour de l'an avec ses étrennes et l'hiver avec ses ennuis, et dites-moi s'il est quelque chose de plus affreux que l'automne à Paris.

LETTRE D'UN NEVEU EN VACANCE CHEZ SA TANTE.

Les affections de famille sont les premières des joies. Je suis en train d'en faire l'expérience. J'ai le malheur d'être le neveu d'une tante que j'ai le bonheur d'avoir. Cette tante, qui a soixante ans, vit à la campagne, entre M. le curé et trois chats noirs. Il lui a pris là fantaisie de m'inviter à son château pour un bout d'automne. Moi, dont l'esprit va vite, j'y ai vu mille bonheurs : des chasses, bonne table, bon gîte, la liberté des champs, folles aventures. Hélas! le château est isolé dans un village—où l'on est à quinze ; au château, il y a sept domestiques, quatre femmes et trois hommes, tous barbus et centenaires ; au village, ce sont tous hommes, sans exception de quelques créatures culottées qui seraient des femmes si elles étaient moins des hommes. Pour ce qui est des chasses, on n'attrape que des pierrots et des chats; la table sent la soupe aux choux ; les aventures, néant. Tu le vois, je suis volé. Ce n'est pas tout. En arrivant, il m'a fallu nouer connaissance avec les chats noirs; j'étais un Parisien; les rustres m'ont égratigné. Ma tante disait : « Ces pauvres bêtes » et pansait mes égratignures. Ensuite il m'a fallu gagner le curé; c'est une ganache qui boit; nous avons trinqué et nous avons été amis. Mais le curé gagné, restaient les domestiques : ils sont de granit. J'ai bêché avec le jardinier, j'ai étrillé avec le palefrenier, j'ai veillé avec le garde-forestier, et le tour a été fait. Mais j'ai eu beau m'attaquer au sommelier, qui était pour moi le cas principal : celui-ci est incorruptible ; je n'ai pu l'entamer. Quant aux femelles, tu ne saurais croire ce qu'elles m'ont coûté de galanteries et de soins; je les ai embaumées de fleurettes; je les ai confites de compliments ; j'ai employé le sucre et le miel ; je me suis mêlé à leurs confidences de cuisine ; j'ai commèré, jacassé, mugueté, caqueté, pipeté, croassé, miaulé ; enfin j'ai livré, pour la conquête de ces matrones barbues, plus d'assauts que je n'en livrerai de ma vie pour n'importe quelle mijaurée musquée. Il m'a fallu d'abord leur dire : mesdemoiselles ; mais, comme elles m'ont permis l'intimité, je les nomme par leurs petits noms. Elles m'appellent soit M. Jules, soit le jeune homme, selon qu'elles ont d'humeur, et si elles me tutoyaient, ce qui sera pour la fin, je serais très heureux. En attendant, je sais mille choses, tels que secrets de cuisine, mystères de fourneaux, hoche-pot et pot-au-feu, dont je rêve la nuit et qu'elles me disent le cœur sur la main. Les soirs, qui sont des siècles, surtout après les dîners, qui sont des minutes, je m'assieds près du feu entre ma tante, qui me dit les prouesses de ses chats, et ses chats qui grimpent dans mes poches ; puis ce sont des révélations sur les confitures, et la voilà qui, dévidant ses chapelets, me fait dévider en même temps ses écheveaux. Puis, cela fait, elle fourre pêle-mêle ses chats, ses écheveaux et ses histoires dans la corbeille à ouvrage, prend un jeu de cartes très noir, met le petit tapis, braque ses lunettes, fait le jeu, et, pendant deux heures, si le bienheureux curé ne me remplace, nous nous condamnons elle à m'ennuyer et moi à l'amuser. Quelquefois on met bas les cartes, et ma tante, qui est peureuse comme une jeune fille, nous fait, en frottant ses lunettes, des contes noirs où il y a de Dieu et du diable, et qu'elle interrompt pour se signer et nous bénir. Je tourne en bourrique, mon cher, et les oreilles me viendraient aux frimas, si je m'embéguinais plus longtemps dans tous ces jupons-là. Je ne lis pas, car il n'y a rien à lire ; je ne chasse pas, car il n'y a pas un lapin à tirer ; je cherche le matin le moyen de m'ennuyer le moins le soir, et le soir, comme je n'ai pas trouvé, je cherche pour le lendemain. A part cela, je fais des confitures avec ma tante, ou je courtise les quatre siècles de la cuisine.

COMMENT ON DEVIENT PROPRIÉTAIRE D'UNE CHASSE EN NE L'ÉTANT D'ABORD QUE D'UN FUSIL.

Tu t'étonnes que je sois devenu propriétaire d'une chasse, moi qui ne l'étais pas même d'un fusil : cela est venu de soi et a commencé, selon la logique, par un ami, lequel, étant chasseur, me fit don à moi, qui ne l'étais pas, d'un fusil qui me le fit du coup. Ayant un fusil, c'était bête si je n'avais un chien, mais un chien sans permis, mieux valait à bêtise égale le fusil sans le chien; le chien me conduisit au permis; mais voyez la folie si je m'étais arrêté là; car enfin, on a beau avoir un permis, il faut pour chasser, étant chasseur, avoir une chasse. Voilà comment, propriétaire d'un fusil, je devins, par un chien et un permis, propriétaire d'une chasse. Il y a de la Providence dans les choses.

LETTRE D'UN MARI.

Je suis très à plaindre, mon ami. Tu sais que j'avais emmené ma femme à la campagne pour y passer l'automne. En partant, je m'étais arrangé un paradis plein de joie avec une Ève pleine de promesses, et, comme j'aime l'automne et que ma femme est poète, j'étais, dans mon rêve, sûr comme d'une réalité. Hélas! j'étais fou; mon rêve est détruit, et je suis à pleurer mes illusions. L'automne est bien la plus horrible saison que je connaisse ; je l'abomine, je l'exècre, je la hais; mais aussi qu'allais-je y fourrer ma femme? Suppose que nous nous promenons, Hélène et moi : je fume, je regarde et je ne dis rien, comme il est convenable; la voilà tout à coup qui se met en arrêt. J'ai beau la tirer par le bras, elle résiste. Puis de s'écrier, de pâmer, de pousser les holà — comme une provinciale aux boutiques de Paris. Tantôt c'est un nuage au ciel, une lisière de bois à l'horizon, un ruisseau qui serpente, une feuille qui tombe. Ah! mon Dieu! les feuilles qui tombent, voilà le grand thème! Si elle n'a pas effeuillé des forêts entières, Gilbert et Millevoye aidant, je me laisse couper le cou! Sa mémoire est meublée comme un cabinet d'antiques; pour une mouche qui vole, elle met à sac Lamartine, Hugo, Musset, et, sous le prétexte de poésie, m'attache, bourdonnante et saignante, la mouche au cou comme une ventouse. Les ruisseaux ne tarissent pas sur ses lèvres, et elle les arrange à tous les rhythmes, depuis le murmure anacréontique de M. de Florian jusqu'aux grands fracas lyriques de M. de Lamartine; ce que j'ai avalé de ces ruisseaux rendrait hydropique pour la vie et suffirait à éteindre à jamais dans l'esprit la poésie qu'on y pourrait avoir. Tout la plonge en des contemplations ; elle ne me fait grâce de rien; de phrase en phrase, de souvenir en souvenir, elle passe par tous les degrés de l'extase : tantôt, hérissée comme la sibylle antique, tantôt languissante comme une miss anglaise, elle mugit en écumant des tirades épileptiques, ou murmure en souriant des vers au miel. Tiens! mon ami, c'est une galère, et je donnerais le printemps, l'été et l'hiver pour que l'automne fût au diable.

LETTRE D'UN HOMME FANTASQUE.

Je suis au château de.... J'occupe, sous les toits dans la tourelle nord, qui est quasiment en ruine, une chambre, noire comme un caveau, qui est une ancienne salle d'armes. Il y a là un lit à baldaquin pour quatre, une table pour dix et des chaises à dossier sculpté. Tout cela grince, crie, branle, craque, boite et trébuche. Je m'amuse comme un fou, quoique je sois tout seul, ce qui, en somme, est le bonheur. Je fais ce que je veux ; je vais où bon me semble ; je sors à ma guise, et je rentre à mon gré. Je suis plongé dans le fantastique jusqu'au-dessus du cou ; j'ai des visions ; j'apprends des mots cabalistiques ; j'évoque des fantômes ; je converse avec les hiboux ; je tutoie les ténèbres ; je me carre en postures farouches ; je me promène la nuit ; bref, je deviens tout à fait moyen-âge, et suis comme un enfant. J'ai cinq chiens et trois chats, lesquels se roulent la nuit au pied de mon lit, et font des sabbats grotesques quand le vent hurle. Il est possible que mes chiens, qui sont de braves bêtes de chiens, ne soient point faits pour les grandes destinées, et je doute qu'ils éventreraient un lièvre aussi proprement que le chien de Louis XIII éventrait un dix-cors, ni qu'ils défendraient ma porte aussi vaillamment que les dogues qui gardaient Saint-Malo. Du reste, Juan Matéos, qui a fait un livre sur la chasse, étant veneur de Philippe IV, roi d'Espagne, dit, à propos de chiens, que les blancs sont mauvais chasseurs. Or, Médor est blanc. Il dit aussi que, pour être bon, un chien doit supporter sans mot dire un cheval qui lui passerait sur le ventre. J'avoue que nul de mes chiens n'a subi l'expérience, ni Taraud qui est un basset, ni Cagnotte qui est une levrette, ni Tonnerre qui est un dogue, ni Rustaud qui est un pointer, ni Tayaut qui est un lévrier. Pour Tayaut, c'est une bête de race, et je sais qu'il descend du lévrier duquel Richard II, vaincu par Henri de Lancastre, se plaignait d'être abandonné. Cagnotte à part, qui est mélancolique, et Tonnerre, qui est sévère, toute cette potée est pleine de joie et d'agaceries, les chats surtout, dont le premier est roux, le second noir et le troisième blanc. Je les aime tous à la folie, et, comme j'en suis fort content, j'aurais fort à faire si, comme Charles IX, je devais leur cracher dans la gueule pour leur témoigner « que j'ai agréable ce qu'ils font. » Chacun a sa physionomie, qui le jour est comique et la nuit devient fantastique. Taraud, écrasé, pote et torse, rôde sinistrement, la queue branlante, le nez en terre, et regarde dans l'ombre en dressant l'oreille. Tonnerre, la tête ronde, énasé, les yeux rouges, léopardé sur l'échine, se dresse contre la fenêtre, et, comme un gendarme, fait le guet en hurlant. Cagnotte fixe la bougie, frissonne, bâille ou regarde ses oreilles qui jouent en noir sur le tapis ; Rustaud lèche les chats qui le mordent au cou, les bouscule avec ses grosses pattes et leur croque amoureusement l'oreille. Tayaut, qui a deux pieds de haut, couleur de satin, gambade par la chambre après des morceaux de papier qu'il remballe avec son museau. Figure-toi les grimaces et les trémoussements de toutes ces ombres sur les murs, celles-ci menues, celles-là massives ; avec cela une lampe qui fume ; des reflets tremblotants où dansent les objets — comme si l'on clignait des yeux ; la flamme qui se tord, écrasée et fouettée, au vent qui vient des fenêtres ; dans l'âtre un grand feu de bois, tout rouge sous des monceaux de cendre ; l'alcôve qui s'illumine soudain, puis rentre dans les ténèbres ; au dehors la tempête qui ébranle les portes comme un voleur qui veut entrer, secoue les gouttières, éparpille la pierre et fait gronder au loin la forêt ; les cris de la chouette sur la tour et de la cigogne dans le marais ; minuit qui jette sa lugubre volée égrenée par la bise ; un chien qui aboit on ne sait où ; une branche envolée qui cogne aux carreaux ; au milieu de cela, moi-même, en robe de chambre écarlate, entre deux pistolets, qui crois voir, tout béant, des spectres dans les coins. — Le jour, je joue aux vieux barons : feutre à larges bords, bottes à revers, par-dessus fourré, je vais à la forêt, un fouet à la main, suivi de mes chiens ; je m'enfonce aux carrefours ; je grimpe aux pentes ; je fais mille folies. Tantôt je crois voir le diable, en rouge, dans un taillis, et c'est un arbre empourpré ; tantôt je m'imagine que des châtelaines vont paraître, et je range mes chiens ; mais c'est quelque fille qui passe, à qui je barre le chemin en troussant ma moustache. Ma belle ! un baiser ! Et la voilà qui, peureuse et rouge, me tend sa joue. J'écoute aussi le vent, et je lui parle. Si je trouve une ruine sur ma route, je m'y installe, et je pense qu'elle est à moi. Puis j'enfourche mon cheval, et je galope, par monts et par vaux, à me casser le cou, en avant de mes chiens qui tirent la langue et aboient. Ou bien je vais à l'étang, qui est voisin; je démarre la barque qui s'y balance, et, cadençant ma rèverie au rhythme de la rame, je me berce parmi les roseaux et les canards. Les paysans me saluent, et je leur réponds d'un grand air. A la brune, je descends au village—qui a un cabaret où je vais. Le garde-champêtre, dont je raffole, y tient ses oracles en prisant : gris, ridé, couturé, tanné, bistré, sec, maigre et petit, il a, sous des sourcils roux, regardant par dessus des besicles d'argent, des yeux gris qui louchent; à l'oreille des boucles d'or, parmi des touffes de poils fauves. Il dit « mes pratiques » pour les braconniers, ôte son tricorne quand il parle de M. le comte, porte des souliers à boucles de cuivre sur des bas noirs, voit tout sans rien regarder, cligne l'œil, vient à huit heures et part à neuf, en secouant son sabre, pour veiller sur le village. Il raconte qu'il a vu trois chasses au cerf, dont une à un cerf dix-cors, où Mme ..., à la curée, avait montré en tombant des choses dont on avait ri, une autre chez le comte de Posoritz, où l'on avait servi un daim rôti, farci de faisans, de bécasses et de perdrix truffés, et une troisième dans le Nivernais, où l'on avait servi à vingt sauces différentes un sanglier — en façon de poisson, de volaille et de petit gibier, ce qui me fit souvenir de Néron, lequel mangeait le cochon en poularde et en tourterelle. Je connais encore une famille de braconniers, dont le grand-père, qui a cent ans, apprend le coup de feu à un enfant qui en a cinq; ils habitent dans une cabane en torchis, sur une lisière de bois; mais, à part les dimanches où ils sont réunis, ils sont éparpillés à droite et à gauche. Ce sont des gens très farouches, très sales et muets, qui ont l'air de diables. Au rebours de ceux-ci, qui sont les parias de l'espèce, j'en sais que le métier enrichit, et qui s'en vont à la maraude, gras comme des propriétaires, avec de belles armes et des bottes fourrées; seulement, ceux-ci sont cabaretiers et fermiers, et ceux-là sont braconniers tout court — ce qui fait la différence. A travers mes promenades, je fais mille croquis, au galop, et de ceci et de cela, sans quoi je ne serais pas artiste; je fume comme un Turc, et je suis avec mes chiens le plus enchanté des hommes.

Mariage d'automne.

Ma bonne amie, que nous sommes heureux! Tu ne saurais t'imaginer le charme que nous trouvons à l'automne, et comme notre bonheur, abrité du fond d'un vieux château, nous enchante dans le sombre cadre où nous vivons. Il pleut beaucoup, et, tandis que cela te fait pester, moi j'aime la pluie; le matin, je mets le nez à l'air pour voir s'il pleut, et, s'il ne pleut pas, je souhaite qu'il pleuve dans le jour. Le vent, que je détestais auparavant parce qu'il avait une voix rude, me fait chanter d'aise, et je lui trouve des harmonies d'or. C'est peut-être y mettre beaucoup de complaisance, car, à vrai dire, ces grands diables de vents sifflent, hurlent, mugissent et se lamentent ici comme je ne l'ai entendu nulle part. Ils s'accrochent aux volets, se brisent aux toits, s'engouffrent aux corridors, poussent les portes, ouvrent les fenêtres, sans façon, comme s'ils étaient de la maison. Eh bien! je ne leur en veux pas, moi, et je les voudrais plus cavaliers encore. Ah! ma chère, si tu savais! Nous sommes là, Charles et moi, près du feu, ma tête sur son épaule et ses mains dans les miennes. C'est incroyable comme nous sommes devenus bêtes. Nous ne disons plus rien. Nous nous regardons, et c'est tout. Cela dure les jours et les nuits. Quand le vent nous secoue dans notre nid, moi, qui ne suis pas une poltronne, j'ai des peurs affreuses auxquelles il croit, et alors il me baise au front, il me dit « peureuse » avec un sourire, il me blottit dans sa poitrine, et moi je pense tout bas : « Vent, fais rage; je t'aime, vent! » Et ce sont des bonheurs à n'en pas finir. Ah! si l'automne pouvait durer toujours pour nous deux, au fond de ce château, dans cette sorte de crépuscule plein de vents et de tempêtes! On est soi-même comme des soleils; on réchauffe la nuit; on allume l'ombre. Parfois, par les bourrasques, nous sortons, lui tenant un parapluie qui se retourne et moi mes jupons qui se retroussent. Nous sommes tout-à-fait rustiques, sais-tu? J'oublie mon chapeau et lui, patauge dans des sabots. Rouges tous deux comme des pivoines, riant à toute bouche, furieux et enchantés, hérissés et échevelés, en pièces et en morceaux, figure-toi ces grotesques sous un parapluie pourpre à cuivres éclatants. Plus le temps rage, mieux c'est; nous avons l'air d'esprits infernaux; on se signe sur notre passage; les enfants crient : « C'est le monsieur et la dame; » les chiens nous aboient aux talons : c'est une scène de l'Ambigu. Puis, quand nous avons bien lutté, que je me suis bien pendue à son bras, que nous avons ri tout notre soûl, que nous avons épuisé tous les plaisirs fantastiques, que nous avons crié, hurlé, marché, couru, sauté et fait les cent coups, nous rentrons abîmés, harassés, écarlates, crottés jusqu'aux genoux, trempés jusqu'aux os, comme deux polissons qui ont fait l'école buissonnière ou comme des canards qui ont barboté dans la boue. Quel plaisir ensuite, quand on s'est bien frotté, lavé, peigné, parfumé, mis de frais, de se retrouver, roses et éclatants, comme des fleurs après la pluie (ah! mon Dieu! je fais des comparaisons) auprès d'un feu qui flambe gaillardement, devant une table où l'on se passe les morceaux de la bouche à la bouche. Nous ne sommes pas toujours sages; je me fâche à mes heures, je boude, je le grafigne, je l'égratigne, je le mangerais. C'est à propos de rien et à propos de tout; par exemple, il chasse, et je ne le veux pas. Comprends-tu cela? Être heureux comme nous et aller tuer de petites bêtes qui le sont peut-être aussi. Je lui fais mille gronderies; mais, au bout de tout cela, il faut bien lui pardonner, et tu penses que je ne demande pas mieux, car enfin, si l'on se fâche, c'est pour se réconcilier après. Nous sommes toujours ensemble; l'un est à l'autre comme son ombre. Il va à droite, j'y vais aussi; je vais à gauche, il y vient tout de même. C'est de l'Arcadie; il ne manque que les moutons.

Automne du mariage.

Mon amie, je ne me reconnais pas : je ne sais si quelque chose est changé en moi ou si les objets qui m'entourent ne sont plus les mêmes; il me semble que tout est renversé. L'automne que j'aimais m'exaspère aujourd'hui, et je suis plus tentée de le voir finir que de le voir recommencer. L'an passé, j'étais folle; je t'écrivais mille sottises qui n'étaient pas vraies ou qui ne le sont plus à présent. Comme je te rabâchais les joies que je trouvais au vent, aux averses, et aux grands froids! Comme je t'ennuyais avec mes histoires du coin du feu qui étaient mes grands bonheurs, si bêtes en somme, et pourtant si charmantes! Déchire ces pages écrites dans la fièvre, et fais-moi grâce des rêves que je te disais pour les grosses réalités que j'ai à te dire. Charles n'est plus au château : il chasse tout le jour, et c'est à peine si nous sommes ensemble le soir, lui à tisonner le feu et moi à feuilleter des livres que je n'achève jamais. Ah! comme mieux valaient les romans que nous épelions à deux dans nos yeux avec nos cœurs! Maintenant nous sommes comme deux ours. Je m'ennuie à mourir; c'est la nuit. On gèle au dehors; on grelotte au dedans; nulle distraction; personne à qui causer; pas une figure qui plaise. Quand on met le nez à la vitre, on voit le notaire qui passe sur son bidet ou un charretier qui fouette son cheval. J'en suis à ce point que, le jour, j'aspire au soir, et, le soir, je regrette le jour. Ce qu'il y a de sot, c'est que, lassés de la campagne, nous ne pouvons encore la quitter. Que dirait le monde? On nous croirait chassés par nos paysans; ou bien, réduits à cette condition bourgeoise, il paraîtrait clair que mon mari finance à mal. Nous sommes rivés ici par l'obligation où l'on est, quand on est seigneur d'une bicoque quelconque, d'y passer tout son été et presque son automne. Voici — de cet automne — un mois écoulé; encore un mois! J'ai des cheveux blancs à y songer. Je compte sur mes doigts les jours qui sont passés et ceux qui restent à passer ; c'est ma seule pensée, et j'y suis du matin au soir. Tiens ! laisse-moi te dire tout cela ; c'est du dépit et de la rage ; mais je t'aime : il faut bien m'aimer aussi un peu pour ce que je souffre ; du reste, quand tu auras lu ces balivernes, tu t'en feras des papillotes ou tu les mettras au feu. — Ah ! mon amie, je suis plus vieille que si j'avais cent ans ; je suis toute ridée, toute chenue, toute vermoulue, et il ne me manque qu'une tabatière pour être aussi momifiée que la baronne S. Je n'ose plus me regarder dans une glace : je me sais trop par cœur ; il va falloir me plâtrer et me maquiller comme ces vieux masques peinturlurés à la façon des devantures de droguistes. Je suis pâle, et mes yeux sont bistrés. Je me fuis, je me hais, je me soufflète, et ma colère souvent retombe sur les autres. Je suis devenue méchante. Figure-toi que le soir il se réunit parfois ici un groupe de braves gens, qui sont les notables des environs : c'est patriarcal. Le plus jeune, qui est le notaire, a cinquante ans ; le plus vieux, qui est le curé, je n'ai jamais eu le courage de compter. Le curé, qui sait un peu de latin, me fait la cour avec des bribes d'Ovide. Sais-tu bien comment je le récompense de sa cour ? Je me hérisse comme une ortie, et je m'acharne à égratigner le pauvre homme de façon à le mettre tout en déconfiture. Mais aussi, pourquoi porte-t-il perruque ? Il y a de plus un gentillâtre, qui est un marchand de bœufs, et un gros fermier cramoisi, qui est un marquis. Quand ils arrivent, c'est une odeur de grand chemin qui entre avec eux, et ils ont des chiens, grands comme des chevaux, qui viennent s'endormir sur mes genoux. Charles m'en veut de ma froideur à leur égard ; mais enfin, si cela lui plaît, cela doit-il me plaire à moi? Il est entendu que nous n'avons plus les mêmes goûts; pourquoi nous taquiner dès-lors? — Écoute : voici le grand mot. Il y a en effet quelque chose de changé en nous, et c'est l'amour.

D'UN MARI.

Nous sommes à ...... Ma femme et moi, nous chasserions beaucoup si nous savions chasser; mais je n'ai pas la tête à cela. Pour elle, mon neveu, qui est un garçon de vingt ans, lui apprend à tirer. Léocadie est rajeunie : elle court comme une folle dans les champs. Quand je vois un perdreau, je leur crie : «Eh ! voilà un perdreau !» Ils attrapent à deux mille choses. Moi je n'attrape rien ; si fait, des rhumes — et autre chose que je ne sais pas et qui les fait rire.

A DIX-HUIT ANS.

Mes amis, vive l'automne! Je suis aux anges. Quelle saison splendide! Les ciels sont voilés; l'air est tiède; la poitrine se dilate; le feu est dans les veines. On vit des jours dans une minute. Ah! la chasse! Des émotions toujours nouvelles : la bête qu'on a perdue et qu'on retrouve; les pistes sur la terre; l'inquiétude avant de tirer ; le cœur qui bat quand on a tiré ; cette belle seconde où, dans un nuage de fumée, on cherche à deviner si l'on est vainqueur ou non ; c'est de la fièvre et du délire. Et puis, les repas qu'on fait avec le gibier qu'on a tué ; se dire que tantôt ces morceaux qui sont au bout de sa fourchette étaient au bout de son fusil, et que, si l'on n'avait pas été là, ces opulentes pièces marinées de sauces brunes ne seraient point sur la table ! Pour l'appétit, on est ogre, et c'est bien mérité, après qu'on a couru comme quatre, qu'on mange au moins pour deux. On a le diable au corps, et l'on fait rage auprès des filles qui sont plus alertes – et belles comme l'automne qui les embellit.

A SOIXANTE ANS.

Tu me demandes si l'automne me plaît à la campagne. Hélas ! je n'aime ni la campagne ni l'automne. Du reste, on va à la campagne, point pour son plaisir, les uns pour eux-mêmes, les autres pour les autres, tous parce qu'ils y sont forcés. Pour l'automne, c'est tout rouge, et je n'aime que le vert. On est ici comme dans un décor d'opéra. Il y a bien les pommes, avec lesquelles ma femme fait un cidre excellent ; mais les pommes ne me font pas supporter mes rhumatismes dont je me plains tous les jours — avec Euphémie qui gémit sur ses nerfs. On ne vit pas, on est comme des marmottes, et j'ai beau pousser les aiguilles, l'heure n'en va pas plus vite. Je pense alors que de mon temps ce n'était pas ainsi : il ne faisait pas aussi froid, et l'automne était comme une fin de l'été. Mais le soleil s'affaiblit, et le monde tourne à rien. Aie ! Aie ! Pardon, j'écris cela comme je le dirais : c'est mes rhumatismes ! Je sens le fricot, et l'on m'appelle pour dîner; mais j'ai des dents qui tombent, et je n'ai plus d'appétit. — Mon fils chasse comme un damné. Et moi aussi, j'ai chassé, mais je ne sais pas pourquoi, car c'est bête.

CHEZ DES BOURGEOIS.

Je suis chez des bourgeois; si l'on n'y est pas aussi bien que chez les grands seigneurs, je dis qu'on y est mieux. Moi, qui ai mangé çà et là dans mes automnes de chasseur, j'en peux parler, et je dis qu'ayant dîné chez ces derniers de pauvres reliefs, je préfère les grasses lies que l'on fait chez les premiers. Ici, quand on ne chasse pas, on dîne, et, si l'on déjeûne ou l'on soupe, c'est comme si l'on dînait, et l'on boit en proportion de ce qu'on mange. Quels beaux plats échafaudés à triple étage l'on vous sert dans des sauces abondantes comme des océans ! Je donnerais les perdreaux pour les grives et les grives pour les bécasses, mais, pour les cailles, je m'en lèche les doigts — jusqu'au chevreau sur lequel je pâme. L'esprit qu'on y a ne vaut pas les chères qu'on y fait, mais, après la chasse, j'aime mieux me trouver devant un pâté de venaison qu'à côté de trois vaudevillistes. Il y a ici un avoué myope que je pilote et qui raffole de la chasse, sans avoir rien tué de sa vie qu'un homme, par mégarde, le prenant pour un lièvre. Si c'est un perdreau, je lui dis « feu ! en l'air, » et il tire à terre ; si c'est du gibier, je lui dis « feu ! en bas » et il tire en l'air. Quand il n'a rien, il se plaint que j'ai chassé la bête, et il est tout colère. Souvent le gibier lui passe dans les jambes, et il se baisse pour l'attraper ; un jour, il crie : « je le tiens » ; c'était son bonnet de loutre qui était tombé pendant qu'il se courbait. Il y a aussi un président de je ne sais quoi, qui le dit à tout le monde, et qu'on trouve dans les cuisines à fureter dans les jupons et dans les plats. On lui crie : « président, venez ; une pièce à tirer ! » Il répond : « je viens, » et il vient quand la pièce est tirée. Puis, c'est un joli cœur qui joue au chasseur ; musqué, pommadé, ciré, épinglé, cravaté, botté et rasé de frais, il chasse quand il fait beau pour ne pas salir ses guêtres quand il fait sale. Il va parader sous les fenêtres des châteaux voisins ; il a l'air de faire la cour aux lièvres, et je crois bien que son fusil est de paille. En somme, pour la chasse les trois se valent : ils croient que, plus on brûle de poudre, mieux c'est ; ils se grisent à coups de fusil. Après cela, entendez-les parler des lièvres qui sont bêtes parce qu'ils se laissent attraper ; mon avis est qu'ils ne sont guère plus malins, puisqu'ils se laissent attraper par eux. Hier, à minuit, nous étions dans le bois à cinq : l'avoué en était ; le président, qui avait une indigestion, et le joli cœur, qui muguetait quelque part, avaient été mis de côté. On avait bouché les terriers ; les lapins étaient au gaignage ; ils seraient bien surpris quand ils reviendraient. Ils se rasent alors dans les bois, mais les bassets les mettent sur pied, et puis commence un joyeux pourchas. Ah ! mon amie, méfie-toi des avoués. Le mien perdit la partie. Tu sais qu'il est de règle de ne marcher que quand les chiens donnent de la voix, pour ne pas effrayer le lapin. Mon myope marchait quand même, cognait les arbres, heurtait les racines, me demandait : où sont-ils? J'en tenais un au bout de mon fusil. J'entends l'avoué qui vient; je lui dis : silence; le voilà qui s'imagine voir le lapin, pousse un grand cri et tire dans les broussailles.

Le château est sur les hauteurs; dans la plaine, l'automne, qui est très beau, fait des décorations pourpres : c'est une magie de poires et de pommes, et, pour ma part, j'en mange comme une grisette de Paris. Tout est pour le mieux; par exemple, il y a des sangliers, et je voudrais une battue : mais, pour les bourgeois, faire une battue, c'est prendre la lune par les cornes. — Il n'y a point de dames au château, et il faut s'en consoler avec les Gothon qui montent les escaliers et les bergères qu'on rencontre sur le chemin. Baiser pour baiser, cela fait un total, mais cela ne fait pas mon compte.

BINETTES, CHASSE ET CUISINE.

Laissez-moi vous crayonner deux types que j'ai sous les yeux : c'est un ancien militaire qui chasse toujours et un académicien qui cuisine sans cesse. Le chasseur, qui a lu tout ce qui est de la chasse, est là-dessus d'une force qui n'a de pareille que celle, dans l'art culinaire, de l'académicien, lequel connait sur la matière tous les traités depuis Apicius jusqu'à Brillat-Savarin. Ecoutez-les; je n'y mets rien de moi. — Et d'abord le chasseur : « On ne sait plus chasser : on tue, et c'est bête, la chasse étant un plaisir et non une boucherie. Charles X, qui tue 239 pièces dans une journée, est un tueur. Louis XIII, qui en tue 20 et qui est content, est un chasseur. Aujourd'hui, sauf les bourgeois, qui chassent pour manger, on va à la chasse parce qu'il convient d'y aller. On met un habit rouge, et voilà le chasseur : c'est pitié. Du rouge, je vous en fais juge, du rouge! Ils ont tous du rouge. On dirait d'un carnaval. Je sais bien que Louis XIV voulait du luxe; mais Louis XIV n'est pas sérieux. Molina dit : Point d'éclat. On sait que Molina écrivait par ordre d'Alphonse XI, roi de Castille. Tenez, il y a une race désastreuse pour nous autres qui sommes les vrais chasseurs : ce sont les bourgeois, qui sont de faux bonshommes. Ils ont aboli le cerf. Voici pourquoi : on y met de l'argent, et on n'en a rien. Rien! vous entendez? Les pendards! A la place ils ont inventé le lièvre. C'est juste. Le lièvre est une petite bête, douce comme le mouton, qui ne se défend pas. On se met en pantoufles derrière un arbre; le lièvre passe. Pan! on tire. Comprenez-vous cela? Tirer à bout portant un lièvre qui flâne entre vos jambes! C'est de l'assassinat. Pline dit qu'on était sévère, chez les Gaulois, pour les chasseurs qui chassaient de travers. Si j'étais député, je ferais une loi contre nos gaulois galeux.

Je vous le dis; croyez-moi : il n'y a qu'une chasse, c'est la grande. Je veux du plaisir, mais je veux aussi du danger, sans lequel il n'y a point de plaisir. Jacques du Fouilloux est de mon avis, et c'est une autorité. On dit qu'Henri IV préférait la chasse au faucon, mais Charles VI, qui s'y connaissait, aimait mieux la chasse à courre. Vénerie, fauconnerie, on a fort glosé là-dessus. Charles d'Arcusia met la fauconnerie au premier rang, et cela se conçoit, car il écrivait sur la fauconnerie, laquelle, entre parenthèse, remonte à l'empereur Frédéric, bien qu'on en fasse honneur à Lilius Strabon. Messire Arteloueche de Algona parle comme d'Arcusia, mais le cardinal Adrien, qui n'était pas aussi fou qu'on l'a dit, est de l'avis de Charles VI. Le cerf, le sanglier, le loup, à la bonne heure! c'est d'un homme.—Après cela, il n'y a plus que des bourgeois. Des gueux quoi! Et on parle de progrès! 93 n'a rien fait. Vos grands messieurs de la Convention sont des bavards; ils ont pérоré sur tout, excepté sur la chasse, qu'ils n'ont peut-être pas connue. Le siècle tourne à rien. Moi qui vous parle, j'en suis une preuve. Je chasse le lapin. Horreur! Mais le torrent vous entraîne: qu'y peut-on faire?—A propos de lapin, faites-moi donc le plaisir de croire qu'il vient d'Espagne, à preuve Tibulle, qui le met en vers, et non de Grèce, pour quoi il n'est pas de témoignage. Par exemple, je n'ai jamais compris le lièvre. Aimez-vous le lièvre? Chacun son goût. Dans le temps, il y avait un messire de Saucerre qui créa un ordre en l'honneur du lièvre; mais il avait vraisemblablement la tête à l'envers. Juan Mateos, piqueur de Philippe IV, roi d'Espagne, a bien traité du lièvre: lisez-le. Ayez surtout un bon chien. J'aime la race normande; la race anglaise est bonne aussi. Savary médit du léonin; il a tort.—Les Persans chassaient avec des léopards; Bacchus en avait; Louis XII aussi. Un conseil: ne prenez jamais de léopards. Je vous parlais tantôt d'Arcusia: il dit qu'il faut prier avant d'aller en chasse: *per Deum verum, per Virginem sanctam*, etc., toute une litanie. N'y prenez pas garde; c'était un bonhomme. —

Je vous dis qu'on ne chasse plus. Où est le temps où le chevalier Pack, qui nous le dit, allait en chasse avec une meute où il y avait un blaireau, un lièvre, un renard et une martre? Où est le temps où Charles IX, lequel était meilleur chasseur que bon roi, écrivait par expérience la *Chasse Royale* qui fait loi, — où Louis XI avait trois cents chiens, — où François Ier mettait des millions à Fontainebleau, — où Henri IV créait le premier équipage pour le loup, — où Louis XIII payait deux cents livres à Jacques Abraham, son oiseleur? Parlez-moi de ceux-là ; ils s'entendaient à chasser. Les saints eux-mêmes chassaient : saint Hubert, saint Vaneng, saint Norbert, quoi qu'en dise Isachius, qu'on peut réfuter avec saint Jérôme dont il argute? A la vérité, le pape Nicolas abolit la chasse, et Jules II fit contre elle une bulle, mais le pape Pie II, qui les valait bien, fit un beau livre, qui la réhabilita. »

Et le voilà qui continue dans ce sens cette harangue qui, commencée au matin, se termine à la nuit. Il sait tout ; il a tout lu. Citez la Bible : il vous répond par Homère. C'est un puits de science et de paroles. — Voici pour l'académicien : il sait le nom de toutes les sauces depuis Adam, et il est sur la voie du cuisinier qui fit le plat d'Esaü, sur lequel le juif El Bassun, qui y passa sa vie, ne sut jamais découvrir la vérité.

« Messieurs, je suis académicien, académicien de l'Académie. Je ne m'en vante pas, puisque Brillat-Savarin, qui nous valait tous, ne l'était pas. Je suis le collègue de M. Viennet, lequel est immortel comme moi, et je me console de l'immortalité par la cuisine. Chez nous, on parle beaucoup : Apicius fonda une académie ; on n'y parlait pas : on y mangeait ; c'est mieux : on ne parle jamais aussi bien qu'on mange. Apicius, Scaurus, Lucullus, c'était le trio romain. Messieurs, la gastronomie est la science de bien vivre : qui ne dîne pas ne vit pas. L'homme a deux faces : la chair et l'esprit. On n'est homme qu'à la condition d'avoir la tête et le ventre. Sans la tête, on est incomplet ; le ventre en moins, on l'est aussi. Il y a des raffinements. Tout le monde peut être gourmand ; peu sont gourmets. C'est le génie du ventre. Il y a ventre et ventre. J'aime Épicure ; je hais Carpacras. Ah ! messieurs, quand je mange, j'ai plus d'esprit que M. Viennet, qui ne mange pas. Une sauce qui grésille vaut Rossini, et je donnerais Ingres pour la couleur d'un perdreau rôti. Quelles joies ! Devant les fourneaux on a des éblouissements ; l'esprit s'agrandit ; c'est comme la minute avant d'être au ciel. Ah ! les sauces qui bruissent et brunissent ; les chairs rôtissant et jaunissant ! Tout autour la flamme pétille et frétille. Je donnerais mon fauteuil pour une belle sauce que j'inventerais, car, après Dieu, un saucier est Dieu. Sous Louis XII, messieurs, il y avait à Paris une compagnie de sauciers qui avait ses statuts. Platina en parle. Ces sauciers sauçaient à *l'eau bénite, à la rapée, en saupiquet*. C'étaient les rois de la sauce. — Ceci est un lapin, messieurs. Bête vulgaire, c'est vrai, quand ça court, mais j'en sais qui se lèchent les doigts d'un lapin passé au feu. La flamme purifie tout. Les lapins de Vatel se mangeaient comme des lamproies. Si vous aimez le lièvre, mangez un lapin, et vous serez dégoûté du lièvre. J. du Fouilloux dit que la chair du lièvre est mélancolique. Mélancolique ! Ah ! messieurs ! M. de Saint-Hilaire n'aurait pas trouvé le mot. Du reste, le lapin avait des autels chez les Grecs, et Jean de la Fontaine lui en fit un d'une de ses fables. O bonhomme divin ! Quand je vois ton lapin, il me semble le manger. Il est certain que je préfère un coulis de cerf ou une hure de sanglier, mais on n'a pas toujours ça sous la main, et on a toujours un lapin à la broche. Je dis à la broche : on le fait encore en matelotte et gibelotte, et c'est aussi bon. Du reste, Louis XIV mangeait du lapin ; pourquoi n'en mangerais-je pas ? Je vous ai parlé d'Apicius ; il mettait mille écus à une sauce ; il cuisinait en artiste. Les Romains l'étaient tous un peu. Ils faisaient avec des millions des riens qui étaient des merveilles. Par exemple, on mangeait des rats, mais ils étaient farcis de langues de rossignols. On avait des cigales, comme nous des huitres, avant le dîner, pour ouvrir l'appétit. Héliogabale saupoudrait de perles les poissons et les truffes. On donnait à manger au peuple des cervelles de faisans : les lions festoyaient avec des barbots et des turbots. Cependant je doute que l'ambre et l'or, semés en guise de poivre, rendent un plat meilleur. Héliogabale était volé par son cuisinier. Si j'avais été Heliogabale, j'aurais mis mon cuisinier à la casserole et j'aurais fricassé moi-même. Pour un poulet mal rôti, Wenceslas VI mettait son cuisinier à la broche. — L'art a fait des progrès, croyez-moi : on gaspille moins, on mange mieux. M. Ponsard aime l'antique ; je préfère le moderne. Ils avaient une façon d'abîmer le sanglier qui me fait mal. Ils y mêlaient le miel et le vin, et le mangeaient entier. Nous marinons le filet, puis nous le rôtissons, et c'est mieux. Par exemple, c'est Caïus Faunius qui inventa le chapon et Scipion Metellus qui engraissa les oies. Salut, Faunius et Metellus ! Ah ! messieurs, la gastronomie est le fait des grandes âmes. César disait d'un mauvais dîneur que c'était un traître. — On a beaucoup glosé sur les jésuites ; on n'a pas eu tort. Mais ils ont importé le dindon en France et créé le fricandeau. Vous ai-je parlé de Georges Neville, archevêque d'Yorck, lequel, à son installation, fit rôtir quatre cents cygnes. Ah! si l'on s'installait ainsi à l'Académie! —Hein! sentez-vous le fumet? La belle croûte de bistre! Ce n'est pourtant qu'un lapin. Pline veut, pour la finesse, les petits lapins arrachés au ventre de la mère et cuits non vidés. Je ne sais pas. Au XIVe siècle, on préférait le lièvre. C'est Mundinus qui le rapporte. Il ne dit pas comment on l'apprêtait. Pour moi, je ne connais qu'une manière, et c'est la bonne. Faites-en un civet et non un rôti. Marinez ferme, puis fourrez-y des oignons, des citrons, du laurier, et des champignons. N'oubliez pas les champignons. Ils y ont une petite saveur coquine. Ah! mon beau lapin, je l'aime. Écoutez-le chanter, c'est de bien-être. Dites-moi, messieurs, nous avons, chez nous, quelqu'un à mettre à la broche; je veux dire qu'il y a un fauteuil vide. J'opine pour Jules Janin. C'est une plume de diamant emmanchée d'une fourchette d'or. Il faut pousser au ventre. On ne jouit que par là. C'est la source sacrée. Tout en vient et tout y va. »

En pérorant ainsi, l'académicien se promène, rouge et suant, la lèchefrite en main, accentuant ses périodes avec des gestes ronds, et brandissant, aux points culminants, son engin comme un point d'exclamation; il fume, il bout, il rôtit et il s'empourpre à mesure que s'allume et se brunit le plat qu'il confectionne. Les regards qu'il lui donne, les caresses qu'il lui fait, les soins, les cajoleries, les dorloteries dont il l'entoure ne sont point à dire, et c'est un grand enfantillage comme qui dirait d'un amoureux à son amoureuse. Son œil étincelle aux reflets de la flamme; sa lèvre luit comme une pourpre, et, par derrière, grimaçant ses grimaces, son ombre s'allonge et s'amincit, tourmentée et tordue, comme la face grotesque de cet homme qui a aussi une face sérieuse, étant à la fois académicien et cuisinier.

FIN D'AMOUR.

C'est dur, un amour qui se rompt. Et moi aussi j'ai senti l'âpre douleur d'un cœur qu'on croyait à soi et qui vous échappe. C'est hier que je l'ai vue pour la dernière fois. Je ne dois plus la revoir. Ainsi cette femme aura traversé ma vie, et, comme la pierre des tombes, maintenant qu'elle est partie, le temps va tomber sur son souvenir. Oh! lugubre chose, l'oubli! Avoir été à deux tellement mêlés qu'on a cru, dans l'éblouissement de l'amour, à cette éternité, vain rêve que le néant seul réalise; s'être appuyé le cœur contre le cœur par des chemins où les oiseaux chantaient, où le soleil brillait, où les mousses luisaient; s'être fait, dans la sincérité du cœur, des serments qui confondaient jusqu'au tombeau, en un seul baiser, deux âmes, deux existences! Et puis un jour vient: ceux-là qui la veille étaient si unis et ne pouvaient concevoir le monde en dehors d'eux-mêmes, tout à coup séparés, s'en vont se cherchant quelque temps l'un l'autre; l'un cesse de vivre, l'autre cesse d'aimer, et de cette éternité que les lèvres, balbutiantes de désir et d'amour, évoquaient avec délire, il ne reste qu'une heure évanouie, heure de volupté et de félicité perdue à jamais au torrent du temps, pêle-mêle avec les heures sombres ou indifférentes! Si une chose m'épouvante au monde, c'est cette glaciale terre d'oubli où vont s'enterrer les souvenirs d'ici-bas. Mon Dieu! Demain peut-être sera mon jour; demain peut-être, rappelé à cette poussière d'où je viens, je cesserai de sentir et d'aimer; demain peut-être ce cœur que je presse de mes mains tremblantes pour en étouffer les battements aura cessé de retentir dans ma poitrine. Et toi aussi, femme aimée, toi qu'hier je voyais assise à mes côtés, dont mes bras enlaçaient les bras frissonnants, que mes yeux enivrés caressaient d'étreintes et de baisers, qui sait si ton jour n'est point proche comme le mien, si la destinée t'a fait, pour oublier ce que tu aimas sur terre, de longs jours, ou si, t'arrachant aux affections du présent, elle ne prépare pour ceux qui te survivront l'indifférence de la mémoire? Écoute ma voix qui te parle de mourir : tout nous y rappelle éternellement; dans le concert du monde, sans cesse l'on entend le bruit de la grande horloge où sonnent les glas de la vie. Je ne suis, moi, que la cigale altérée d'amour qui, par les midis brûlants, sous les soleils embrasés, crie désespérément dans les déserts. Je parle de mourir, parce que je pense à aimer : pour si peu de jours fortunés, tant de jours malheureux où se perd l'existence me font voir partout les étreintes du néant, car est-ce vivre que traîner à travers les angoisses et les peines une carrière qui, illuminée çà et là de rapides éclairs, se recouvre tout aussitôt d'ombres plus noires encore? Et si ce n'est vivre que de rouler cette pénible chaîne dont les anneaux glacés ou brûlants se succèdent forgés par des destins contraires; s'il faut retrancher de la vie les contrariétés, les chagrins, les peines et les tourments, pour ne laisser subsister que les rires, les chants, les joies, que restera-t-il à l'arbre de ma vie, mon Dieu, si ce n'est une pauvre dépouille d'ombre, abritant de pauvres fruits sans saveur, et que le vent secoue avec colère sur ma tête? Ainsi des journées les plus belles, des aurores les plus réjouies, des soleils les plus radieux, de toutes les pourpres de la jeunesse, les tendres splendeurs, emportées par les coups de la vie, s'en vont elles-mêmes se perdre en lambeaux. Et que sera-ce donc si, au lieu des félicités ou de ce que l'homme appelle de ce nom, je n'ai connu que les froideurs et les indifférences où des malheureux s'imaginent les trouver!

Quoi! vous n'aurez jamais senti contre le vôtre les palpitations d'un cœur; l'ineffable rencontre de deux âmes qui se cherchaient par les cieux, comme des colombes amoureures, le divin émoi des confidences, et cette extase d'être l'un à l'autre un univers en dehors duquel il n'y a plus ni ciel, ni soleil, ni mort, ni vie; tout cela vous sera demeuré inconnu; vous aurez joui à la vérité de toutes les prospérités de la matière; bercés dans l'indolente ivresse des voluptés charnelles, vous aurez épuisé les plaisirs banals et les délectations frivoles; vos sens, excités par des artifices savants, se seront éveillés à tous les ébranlements de la table, de l'alcôve, des orgies et des luxures. Oui, la bête qui est en vous, reployée sur les ailes du séraphin qui symbolise l'esprit, arrivera au dernier jour, sommeillante et repue, après avoir passé par tous les banquets et s'être gorgée à toutes les coupes. Mais, ô cadavres d'hommes, croirez-vous avoir vécu quand le fantôme de la mort, écartant les rideaux de vos couches somptueuses, viendra vous arracher sans retour aux fêtes d'ici-bas? Qu'emporterez-vous en votre agonie des ivresses où, comme une fumée, votre existence s'est follement dépensée, si ce n'est ce que la fumée elle-même laisse à l'air, sillon aussitôt évanoui qu'entrevu? Et si jamais, selon la légende qui fait vivre dans le sépulcre le cœur des morts, il vous fallait, accroupis sur vos genoux, occuper votre éternité de vous-mêmes, et, vivant parmi les vers, dépouillé de ce que vous fûtes un jour, revivre par le souvenir ce que vous vécûtes dans la réalité, dites-moi, que vous resterait-il que le vide hagard d'une existence inoccupée, semblable à ces déserts jadis peuplés de villes, dont l'herbe et le sable ont recouvert les monuments, semblable encore à une table de banquet quittée au matin où roulent pêle-mêle les coupes brisées? Mortels dont le front a pâli sous les baisers de la chair, croyez-en ma bouche, croyez-en mes lèvres : ma bouche a senti le pur souffle d'amour, mes lèvres ont frémi des saints embrasements; tout mon cœur n'est qu'amour. Or, je vous le dis, toutes vos fêtes, tous vos plaisirs, les rumeurs de l'orgie qui flamboie et ruisselle, les vases d'or sur vos nappes opulentes, les candélabres dont les reflets éclairent, sur les velours et les damas, des reins de femmes, non, toutes vos prodigalités, vos splendeurs, vos luxures ne valent pas dans la balance des jours une heure de tendresse, une seconde d'amour ; le baiser dans lequel une femme donne à l'homme son âme et ses entrailles, éternellement frémissant sur la lèvre qui le reçut et le donna, fera tressaillir encore la poussière de ceux qui s'aimèrent, alors que, glacés et inertes, dans un néant que ne console aucune illusion, les Sardanapales et les Césars ne sentiront plus en leurs membres rongés par la pourriture que la piqûre du ver qui les mordra.

Un baiser d'amour! Ah! sans doute, dans les nuits bénies, quand deux êtres, unis en dépit du monde par la volonté qui fait les amours plus fortes que la mort même, échangent sur la lèvre le serment des fiançailles, sans doute le grand ciel qui les voit se met à sourire, le soleil, flambeau divin des franches affections, trop loyales pour s'abriter des manteaux de la nuit, jette une gerbe plus éblouissante, et si la nuit, dans le crépuscule argenté, l'amour les conduit la main dans la main aux clartés de la lune, l'astre les montre à l'astre, le tressaillement qui les agite fait trembler les profondeurs de l'azur, et d'invisibles chœurs, en une sainte extase, se mettent à chanter les hymnes de l'hyménée. Un baiser d'amour! Dans ce contact frissonnant, deux âmes se sont mêlées comme une goutte à une goutte, et, vibrantes d'une même vie, se sont noyées au torrent de l'infinie félicité. Peut-être même, par les bouches entr'ouvertes, les esprits de la création se sont glissés comme par les porches des temples pénètrent les brises des champs, et, modelant un saint ouvrage à l'image des fiancés, ont-ils animé de la flamme qui les transporta le fruit dormant des entrailles. O jour! O nuit! Splendeur ineffable des matins! Et vous, regards de l'aurore! dites-moi, est-il par le monde, dans cette immensité d'espace que vous éblouissez de pourpres et de lumières, une majesté, une gloire, une félicité semblables à celles de ces deux âmes si étroitement unies que l'une et l'autre ne font qu'un et que le coup qui frapperait la moitié du tout qu'elles font à deux frapperait également l'autre moitié? Chante, mon âme: la grâce divine t'a remplie, et ce n'est pas du sanctuaire qu'elle t'est venue: les yeux d'une femme l'ont versée en toi; l'adoration de son sourire a changé en clartés de printemps les ténèbres de ton veuvage ; une sœur, une amante, une maîtresse, une épouse a partagé les demeures où tu te mourais de désir et de langueur. Vienne la mort ! N'ai-je pas épuisé toutes les ivresses de la terre, le jour où de son corps, qu'enfermaient mes bras, son âme, comme une colombe altérée qui cherche une source sous les lauriers, vint demander à la mienne le trésor d'amour qui s'y cachait ? Que goûterais-je de plus sur la route que me feront les destins, puisqu'il m'a été donné de vivre et de mourir tour à tour dans les radieuses extases de l'amour, et que les voluptés, comme des éclairs où l'être s'éblouit jusqu'au vertige, nous ont entr'ouvert, debout sur la rive comme des passagers de l'infini, les magies resplendissantes d'un autre monde, d'un autre ciel ! Ah ! si jamais j'ai souhaité voir s'abattre sur mes yeux le voile de l'éternel repos, c'est quand, trop faible pour résister à l'exaltation d'une félicité commune, j'ai senti mon âme se briser dans les baisers que ma lèvre recevait. Alors, franchissant les mondes où me jetait le délire d'amour, j'eusse voulu briser les liens qui rappellent de si haut la matière, et, dans un transport que la mort elle-même n'eût point effacé, exhaler le souffle de mon existence. Oh ! que n'ai-je pu, femme, que n'ai-je pu expirer sur ta lèvre, au doux murmure de ta voix et de tes soupirs, quand, embrassés plus étroitement que le lierre au chêne, nos corps confondaient nos vies ? Mourir en regardant tes yeux ! Quels soleils plus beaux ma dernière heure verra-t-elle s'épanouir que ta prunelle noyée de langueur, où brille, comme une lampe au sanctuaire, ton âme amoureuse et pure ? Et peut-être que demain, inconnus l'un à l'autre dans des voies différentes après avoir parcouru les mêmes sentiers, nous nous regarderons sans nous voir, comme les vagues fantômes que le rêve éveille dans nos insomnies et qui, à peine revêtus d'une forme sensible, passent devant l'esprit qui les cherche, comme un vent et une fumée. Oh ! ne réponds pas de ton cœur ; moi non plus je n'en puis répondre. Demain peut-être, de nos nuits de fièvre et d'ivresse, de nos baisers, des caresses où nous roulions éperdus, il ne restera qu'un souvenir lointain, chaque jour effacé par l'oubli, l'indifférence, les affections changeantes, les fatalités de la vie, jusqu'au jour où vacillante comme celle des follets, cette lueur, engloutie elle-même par l'ombre sans fin, s'éteindra en nous avec nos cœurs et nos esprits. O mort ! je te hais, puisque tu n'as pas voulu de moi quand je t'appelais et qu'entre sa bouche et la mienne je laissais une place pour ton souffle ! Attends maintenant que mon cœur refleurisse, et que des ruines de mon amour brisé une autre femme s'élève pour achever le rêve que celle-ci n'a pu continuer. Alors, viens, frappe, je te tendrai la tête, ou non, sans bruit, dans l'ombre de l'alcôve, glisse-toi, et quand tu me verras pâmé, emporte-moi dans les régions immortelles, vivant en dépit de toi-même dans une extase que rien ne pourra plus finir !

Décembre.

Pour Dieu, mes amis, soyons sages, et n'allons pas nous affoler d'idées ténébreuses, quand il est, pour les esprits chagrins, tant d'émotions innocentes où les larmes qui tombent ont la douceur du miel. Voyez-vous là-bas la foule qui se presse et s'engouffre sous ce porche illuminé ? Les violons bruissent ; les trompettes glapissent ; les trombones rugissent, et le bâton du chef déchaine ou apaise les brises et les ouragans. C'est le théâtre. Ah ! s'il vous faut des émotions, si vous voulez pleurer et rire et vous tordre et vous tenir le ventre, allez-y ! Des amoureux chevelus et ventriloques, des ténébreux de grand'route, des Adonis de boudoir, des lions à tous crins, des bichons pommadés, et Scapin et Cartouche, la rue et le bouge, Gothon et Borgia, l'alcôve et la cuisine, et la croix de ma mère, et l'enfant qui se retrouve à la marque de son linge, des bandits en gants paille, des monstres en douillette, des apoplexies et des suicides, des coups d'épée, le poison, le carnage, l'incendie, les éclairs et le tonnerre, et Satan et Dieu, et le monde à l'endroit et le monde à l'envers, est-ce assez? Quoi encore? Des fautes, des repentirs, la pitié, l'indignation? Allez-y : tout est là, pour tous les goûts, à toutes les sauces, pour les hommes bruns et les femmes blondes! O intrigues des gros drames! On va à droite, ténèbres, on va à gauche, ténèbres, en avant, ténèbres, en arrière, ténèbres : on dirait des cardées emmêlées par un chat; le fil que vous croyez tenir échappe à vos mains, et, un moment triomphant, vous vous remettez à tâtonner jusqu'au dénoûment, qui est un épaississement d'ombres. Esprits noirs, c'est dans ces sombres réseaux qu'il faut promener vos mélancolies, et, alternant entre la victime et le bourreau votre colère et votre pitié, c'est en ces fictions qu'il faut mettre votre âme et votre esprit.

Pour moi, l'avouerai-je? J'aime le foyer, et volontiers je tisonne mon feu. Est-il à vrai dire un charme pareil? On a dans les mains un livre qu'on feuillète d'un doigt léger, et on y lit à la fois ce qu'on y trouve avec ce qu'on y met. Un esprit y chante, et votre âme y rêve, et l'on fait à deux une causerie où c'est tantôt l'un qui parle et l'autre qui répond, et où l'on se charme tous les deux à la fois. L'âtre flamboie; la braise étincelle; la flamme s'enroule autour de la bûche comme une banderolle autour d'un mirliton : des lueurs se font, puis des ombres: le feu glisse, rampe, se tord, s'allonge, sautille, se hérisse; on dirait des couleuvres dardant leurs langues ou des salamandres frétillant toutes rouges. Puis des flammèches qui volent, ailées, montent, descendent, serpentent, s'entrecroisent comme des follets, tout un monde qui pétille comme un enfer, des escarpements couronnés d'éclairs, des ravines où roulent des torrents, des foudres mignonnes qui s'entortillent à travers des étincelles, mille silhouettes mutines, confusément ébauchées, qui varient sans cesse. Dieux du feu, lutins aimés, je vous aime et vous salue, dans vos grottes de soufre ! Les belles choses que vous me dites ! Les belles apparitions que vous évoquez dans mon esprit ! J'accroche à vos pourpres les rêves qui me traversent, et vous m'éblouissez l'âme. Tantôt je songe aux pays du feu, et il me semble voir voleter sous le soleil les légions étincelantes des colibris. Tantôt ma vision, moins audacieuse, assied à mon foyer, parmi des pages et des lévriers, comme en une salle gothique, un groupe vermeil de châtelaines, et je noue autour de leurs cheveux que je dénoue les fleurs de la galanterie. Puis, c'est une autre folie, et ainsi l'esprit va follement, bizarrement, en tous sens, avec vous, lutins capricieux, qui folâtrez comme lui. Le vent ébranle la porte ; la neige fouette la vitre ; dans l'âtre, comme aux sabbats, se font, entre le vent et la flamme, mille chuchotements, et l'on dirait, dans un carrefour, des toussements de commères. Ce sont des cris, des lamentations, des ris et des huées ; et cela sautille comme des fredons de pinson, ou boite en traînant comme un pas de sorcière. Ces rumeurs, qu'on ne peut définir et qui semblent sortir des mondes surnaturels, jettent un charme sur l'esprit. Insensiblement la pensée, bercée par le rêve, se replie sur elle-même, comme un enfant qui s'accroupit ; on flotte dans une sorte de crépuscule lumineux ; les objets tremblotent et s'effacent ; on entend, sur des harpes d'or, des frôlements de doigts; le livre qu'on avait aux mains glisse sur les genoux ; une langueur voluptueuse coule comme un baume dans les veines ; puis on penche la tête, on soupire et l'on s'endort. Heureux si l'on a près de soi, dans ces veillées délicieuses, pour vous répondre à vous-mêmes, un ami qui soit comme la moitié de votre âme et qui s'enivre à vos rêves comme vous aux siens! Heureux encore si quelque femme chère s'en vient gazouiller à votre oreille, et, mutine et charmeresse, vous donne son amour à baiser sur ses lèvres !—O bouteille ! je te veux aussi, pleine d'un vieux vin d'Espagne qui brûle comme la fièvre et resplendit à travers les facettes du verre comme un rayon de soleil enchassé dans les topazes : embrasée à tes feux, la pensée poursuit d'une aile plus hardie les songes qui l'agacent, comme Sylène, quand il est gris, boite plus gaillardement après la nymphe qui le fuit. Alors, autour de moi, l'air s'illumine et se parfume : je suis sultan : blanches avec des yeux noirs, des almées paraissent, et je les vois tourbillonner dans leurs jupes qui bruissent, sous un nuage de gazes frémissantes.

Mais près de votre foyer qui flambe, n'oubliez pas qu'il en est de glacés, et que, dans les rues, il y a des malheureux qui s'en vont, mangeant au vent des cuisines et se chauffant à la flamme des réverbères. Vous les entendrez, sur le minuit, qui errent sous vos fenêtres et cherchent, de porte en porte, un lit que leur disputent les chiens. Puisse alors la femme qui est près de vous interrompre ses amoureuses chansons et vous dire la sévère parole de l'Evangile. Quittez un moment votre rêve, ô mes amis, mes frères, et allez vers les désespérés, la charité sur les lèvres et la charité dans les mains.

FIN.

Table des Matières.

www.ingramcontent.com/pod-product-compliance
Ingram Content Group UK Ltd.
Pitfield, Milton Keynes, MK11 3LW, UK
UKHW020924180726
13838UKWH00002B/745